诗画修水

修水文化旅游丛书

主编◎梁 红 詹谷丰

江西高校出版社
JIANGXI UNIVERSITIES AND COLLEGES PRESS

图书在版编目(ＣＩＰ)数据

诗画修水/梁红,詹谷丰主编. --南昌:江西高校出版社,2021.11(2022.3 重印)

(修水文化旅游丛书)

ISBN 978 - 7 -5762 -1665 -3

Ⅰ.①诗…　Ⅱ.①梁…　②詹…　Ⅲ.①散文集—中国—当代　Ⅳ.①I267

中国版本图书馆 CIP 数据核字(2021)第 141878 号

出 版 发 行	江西高校出版社
社 址	江西省南昌市洪都北大道 96 号
总编室电话	(0791)88504319
销 售 电 话	(0791)88522516
网 址	www. juacp. com
印 刷	天津画中画印刷有限公司
经 销	全国新华书店
开 本	700mm×1000mm　1/16
印 张	9.75
字 数	140 千字
版 次	2021 年 11 月第 1 版 2022 年 3 月第 2 次印刷
书 号	ISBN 978 - 7 -5762 -1665 -3
定 价	68.00 元

赣版权登字 -07 -2021 -921

编委会名单

序

梁　红

修水是生态家园,东南九岭蜿蜒,西北黄龙昂立,"山川深重,可供游览"。独特的丘陵地貌,养育了丰富的动植物,森林覆盖率近75%。植物中的"活化石"红豆杉群落星罗棋布,动物中的"大熊猫"中华秋沙鸭定期造访。

修水书院文化繁荣,自北宋黄庭坚始祖黄中理建樱桃、芝台书院后,历朝历代都有知名书院涌现,成为培养人才的摇篮。如杭口镇双井村的高峰书院,义宁镇的鳌峰书院、凤巘书院,路口乡的云溪书院,何市镇的流芳书院等,不一而足。重视书院教育尤以陈宝箴家族为典型,其先祖以客籍身份迁宁州,栖居野山深涧,生存条件恶劣,仍不忘教子读书,建仙源书屋;待条件改善,迁桃里竹塅后,陈宝箴亲建四觉草堂、鲲池义学,延师课读,惠及邻里乡亲。众多书院的崛起,让修水文风蔚起、人才辈出,成为一种地域文化现象。如杭口双井黄姓仅宋一朝出进士48人,其中黄庭坚诗开江西一派,书法自成一家;桃里竹塅陈家,陈宝箴首倡湖南新政,陈三立为"同光体"领袖,陈寅恪为史学泰斗等,陈家三代四人被《辞海》单列条目介绍,此等殊荣,放眼全国亦属凤毛麟角。

修水不但高雅文化绵延不绝,民俗文化亦丰富多彩。如源起于宋代宫廷的"全丰花灯",融灯、戏、舞于一体,诙谐幽默,广受观众喜爱;起于明朝初年的宁河戏,典雅端庄,唱腔独特;被省政府确定为"四绿一红"重点支持的宁红茶,制作工艺独特;石呈赭碧、雕刻工艺精细、被誉为砚中精品的赭砚,广播海内外。修水哨子、采茶戏、山歌、武术、十八番等,都广为流传,深受群众的喜爱。

修水是秋收起义策源地、爆发地,工农革命军第一支部队在修水组建,第一面军旗在修水设计、制作、升起,秋收起义第一枪在修水打响。革命战争年代,修水人民反压迫、求解放,牺牲的仁人志士达 10 万余人,在册烈士 10338 人。改革开放以来,修水人民继承先烈遗志,奋战在生产建设第一线,奋战在脱贫攻坚第一线,取得了社会进步、经济繁荣的可喜成绩。其中,文旅事业作为党和政府的一项重要工作进一步加强,文旅项目快速推进,文旅产业亮点纷呈,文旅融合日益紧密。县第十八次党代会进一步明确了强工兴旅的发展战略,提出要紧紧抓住创建国家全域旅游示范区契机,把修水打造成全省一流、全国一流的"环境优美、产品优质、品牌优秀、服务优良"的国家全域旅游示范县,为文旅融合树立了新的标杆。

文化是旅游的灵魂,旅游是文化的载体,习近平总书记指出:"历史和现实都表明,一个抛弃了或者背叛了自己历史文化的民族,不仅不可能发展起来,而且很可能上演一场历史悲剧。"[1]因此,县文旅局

① 新华网.习近平:在哲学社会科学工作座谈会上的讲话[EB/OL].(2016 – 05 – 18)[2021 – 10 – 18].http://www.xinhuanet.com//politics/2016 – 05/18/c_1118891128_3.htm.

决定全面梳理修水文化旅游资源，精心编辑出版《修水文化旅游丛书》。这项工作得到了县委、县政府的大力支持，主要领导在百忙之中抽出时间，就体例、题材、篇幅、文字、创意等均提出了具体要求；社会知名人士詹谷丰、戴逢红、冷建三、冷春晓、谢小明、冷伍敏、童辉满等人分别参与了丛书的撰稿、摄影等工作，在此一并表示衷心的感谢！因时间仓促，兼之水平有限，本丛书的不足之处一定不少，敬请广大读者批评指正！

是为序。

2021 年 10 月 18 日

目录

三月的修水

三月。画舫。一条名叫修水的河流。

我，先是行走在三月的风里，行走在修水的岸边。我同河流只隔了一道浅浅的堤岸。我的手伸出去，它就横亘在河流之上了。软软的风，暖暖的阳光，很快就簇拥在指尖上。但我很少将手伸出去，我怕它一不留神会伤着河流的眼睛，虽然在此之前我将指甲剪干净了，甚至磨平了些微的棱角。我还是不会轻易伸出我的双手。

河流是有眼睛的，它的眼睛像镜子一样，明亮、洁净，看不到丝毫的阴霾。它的眼睛里有着蓝蓝的天，洁白的云，飞鸟的掠影，静静的舟楫。一个站在堤岸上的人，只不过是它睫毛上一粒细小的尘埃。风一吹，就有可能落进眼睛里。

我因此走得很小心,我怕我会变成它眼睛里的一粒尘土,我怕我阻挡了一条河流的视线。

有时候,我会想,我若有幸成为河里的一粒沙子、一滴水,或者一尾鱼、一只虾,那是多么美妙的事情,这条河就是我一个人的河流了。我可以在河流的任何地方——上游或者下游,奔跑,嬉戏,像鱼一样跳跃,或者像一个疯子一样尖叫,哭泣。这都是无罪的,因为我是河流的一分子。黯淡的时光,我就在河床里沉睡,一个人守着一条河,守着自己,让河水洗去满身的污垢,让鱼儿舔净心上的伤口。睡醒了,任由下一次波浪将我送到岸边,在浅滩上静静地做梦,静静地享受每一缕阳光。慢慢地,这种幻想就变成了我的渴望,一种源自内心的企盼,一团热望的火焰。

与一条河流的缘分,就像一本《圣经》一样摊开在我的生命里。

我无处躲避,也无法逃逸。

修水

就在三月,就在春风开始放肆的三月,我裹挟着一团火焰走近了这条名叫修水的河流,走进了它的怀抱。站在画舫的甲板上,我同它仅仅隔了一层薄薄的木板。它就在我的脚板底下，像一条血管一样汩汩流动。我携带着全部的感觉到来了。我触摸到了它坚强有力的脉搏，我聆听到了它像海浪一样的心跳。咚咚，像谁在叩打我生命的门板。我感觉到了它的体温，以及它唇边饱满的湿度。它似乎就是我的一个女人，又好像是我的一条血管，河水正从我的心脏里流过。我甚至能捕捉到河水的行走，它迈出的每一个脚步，都在我的心上打下了深深的烙印。那一刻，我对自己说，我迟到了，迟到了不止一个世纪。

　　我发现，我竟然如此熟悉这条河流，它同我梦里的那条河流并没有一丝半点的差别：一样的堤岸，一样的河湾，一样有河滩上浅浅的草，一样有天幕上流动的云。我走过，抚摸过，亲吻过。哪支篙有多长，哪支桨有多粗，哪条鱼是做了父亲还是做了祖父，我都知根知底，不用谁来告诉我。还有水面上追逐的两只水鸟，它们哪一天相识，又在哪一天相爱，我都一清二楚。虽然有时它们藏在水草里，故意不让我看见，可我还是认得清哪只低飞的鸟儿是它们的孩子，哪只又不是。它们什么也逃不过我的眼睛。这不是梦，不是纸页上的幻想。也许我前生就是一个渔人，在这条河里撒过网，捕过鱼。或者我就居住在岸边的某个村庄，从河里引水灌溉我的庄稼，傍晚时刻，我用河水洗干净脚上的泥土，扛起锄头，牵着牛，返回那个炊烟袅袅的村庄。或许我是一个女人，在河边为我命里的男人浣洗衣纱，为我和他的孩子清洗尿布，淘米洗菜，打草喂猪，委屈的时候，眼泪直接掉进河里，同河水一起悄悄流逝。

修河岸线

　　这些都是真实的,在我的前一生就已经存在了。甚至,沿着河岸寻找,还能找见我的脚印,还能看见我在河边小憩时留下的痕迹。我想否认也否认不了,想拒绝却找不到充足的理由。在岸边的那幢小屋里,我同一个女人相爱过,同她生儿育女,一起白发苍苍,死后我们都被埋葬在河岸边。现在,在河岸的某棵树下,还能挖掘到我们前生未及腐败的骨骸。这是最有力的证据。有一些骨骸被树吸收了,所以树长得又高又直,它的叶片覆盖在河流之上。我想,那是我们抚摸河流的手掌。

　　我们从水面上走过,将脚印刻在了水的脸上。它们混杂在水的波纹里,像鱼一样游走。水花泛起,波纹散开,脚印变成了一丝丝的涟漪,很快被时间抹平了,什么也没有留下。就像一个在水中央的女人,无论她是嬉戏,还是濯洗,我们偶然注意到了她的胴体,她的肌肤,她的乳房,后来都不见了,她上了岸,或者沉入了水底,我们也不见了。只有河流是永远的,鱼可以作证,岸也可以作证。

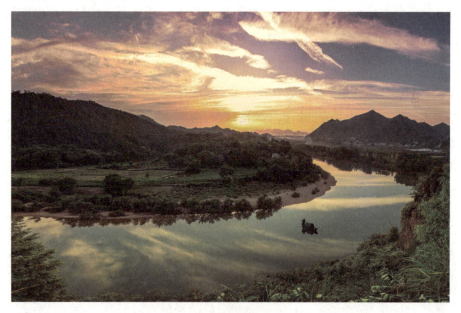

双井明月湾

　　在这条河流之上,也许我不是一个人,不是一个单独的自我,而是无数个人的组合,无数个人的重叠。我是祖父,又是父亲,还是别人的孩子。我在了,他们也在了;他们在了,我也不曾离开。最后,我和他们都回到了河流中央。就像一张纸,字迹消失,揉皱了,搓烂了,又回到了树的骨头里,回到了叶片上,这是最好的归宿。对于我们又何尝不是? 我们的存在只是一个瞬间,一个瞬间能有多久呢?

今天,我坐在这艘画舫之上。我拥有了阳光、流水,带着暖意的风,两岸的景色,以及一条河的宽度和深度。我拥有的,也是每个人都拥有的。而我在想着离开,怎样离开,离开多久。很多人都离开了,我看见他们的背影从水面慢慢消失,潜入了河床的底部。一条河流成了一个空旷的舞台,只有水在静静地流淌。这条名叫修水的河流,我用几把刀子才能将它从我的骨头里剔除,连一丝筋脉也不会留下? 我明白我是徒劳的,我找不到这样的刀子。也许世间根本不存在这样的刀子。我听见一个人的歌声在背后响起,河流里的歌声——

记得那一天,上帝安排我们见了面,我知道我已经看到了春天;

记得那一天,带着想你的日夜期盼,迫切地不知道何时再相见;

记得那一天,等待在心中点起火焰,我仿佛看到了命运的终转;

记得那一天,你像是丢不掉的烟,弥漫着,我再也驱赶不散……

(樊健军)

脸上的箔竹

在遥远的箔竹村,我们的越野汽车走过了最原始简陋的道路。那条还不能用"公路"这个词命名的乡间小道,很快就会脱胎换骨,披上水泥的外衣,让一座古村600年来第一次与山外的文明接轨。在绝世的风景中麻木了的箔竹人,无论他们是否愿意,现代化的汽车轮子,都将碾过村庄的平静,山外的游客,将给箔竹村那些沉默的山民,带来商业的喧嚣。

全景图

我们来到郑淑金老人的厅堂里。这个担任过大队党支部书记的人,对历史,对村庄,自然多了一些发言权。老人的话,就像屋后那条竹笕,水流不绝。当我们沉浸在他的讲述中时,一个老妪悄无声息地出现在郑淑金的身后,老妪手中的竹棍击打在郑淑金旁边的凳子上。郑淑金似乎早有预料,并不慌乱,只是回过头,轻轻地劝止。郑淑金的劝止并没有起到作用,老妪手中的竹棍又挥了过来。我们惊异不止,都以为老妪精神错乱,郑淑金的讲述引发了她的病。

大家一齐起身,在虚惊中撤退到了屋场里。

我们的疑惑,终于在旁人的介绍中解开。

对于箔竹村,郑淑金老人是一个有贡献的人,不饶人的年岁中,他终于退了下来,让位给年轻人。但是,镇里似乎忽视了郑淑金的贡献,在经济建设开发旅游产业的潮流中,老人突然间成了一个无足轻重的闲人。老伴不平,屡屡用凉水浇灭郑淑金参与村里事务的热情。所以,每当郑淑金向游客介绍箔竹村的历史时,老伴都会干涉,竹棍,就成了老妪威胁郑淑金和警告游客的道具。

离开箔竹的时候,郑淑金赶过来,以温和的态度和谦卑的神情,委婉地向我们表达了歉疚之意。其实,知道了内情之后的我们对他充满了理解和同情,我们甚至想过,在旅游开发的过程中,应该让老人扮演一个顾问的角色,让一块燃烧的木炭,慢慢释放它最后的能量。

公路的开通,将结束箔竹村六百多年的封闭历史,一个古村以一处旅游点的姿态现身,将是它无法抗拒的时代宿命。在逐渐模糊的身份中,箔竹村将加入开发的大合唱。再过一些时日,箔竹村石墙上那些具有文物意义的百年青苔,和岁月在古树上留下的皱纹,都有可能一夕间在游客的脚步中消失。文明的进入,是社会的进步,同时也是一个古老村庄的隐忧。如果城市膨胀,乡村隐退,大地的肌体中,将会注入同质化的止痛吗啡。

在义宁故乡4504平方公里的土地上，九岭山脉褶皱中的箬竹是最具有特色和个性的村庄。当公路开通之后，我也会成为旅游队伍中的一个俗人，一个人第二次踏进同一条河流的时候，我愿再次看到乡土的灵魂，而不是城市那些雷同的面孔。

（詹谷丰）

祠堂，义宁古城最后的背影

一

世界上，每一座古老的城市，无不有它的历史地标。至今仅存的 23 栋古祠堂，无疑是我的家乡义宁古城的历史地标。

祠堂不是建筑物中的贵族，它没有天然的高贵血统。不像皇宫那么显赫尊贵，不像寺庙那么金碧辉煌，更不像金字塔那么雄伟壮观，它只是一个家族的圣殿。

新老蓝祠　童恢满摄

在义宁古城，一栋祠堂，就是一处家族的宗庙，它是家族成员最为敬重和最为景仰的地方。那里敬奉着一个族群的祖先，燃着长明灯的祖堂上，一排排漆黑的祖宗牌，构成一条来自远古的宗族血脉的河流。凡宗族重要活动，如春秋祭祀、议事聚会、宗亲联谊、宗族教化、婚嫁丧娶、添丁上谱，甚至蒙童入学等，皆在祠堂里进行。那里香火不断，宗族的血脉，在烛火中凝聚、接续与传扬。

走在那些古老的祠堂里，看着祖堂上那些被时光磨损的先祖牌位，分明能感受到，祠堂每一块古老青砖的背后，都刻录着一个家族的悲欢离合和义宁这座古老城市的历史变迁。

二

义宁，是一个古老的名字，是今日厚如砖头的《修水县志》中，最为厚重的两个汉字。

据《义宁州志》记载，唐德宗贞元十六年（800）置江西分宁县治。由此推知，义宁古城是一位已有一千二百多岁的长寿老人。元大德五年（1301）分宁升为宁州，清嘉庆六年（1801）改名为义宁州，民国元年（1912）更名为义宁县。朝代更迭，古城以朝秦暮楚的姿态，成为不同王朝的臣民。历史翻到民国三年（1914），修水县，这个源于一条名叫修河的河流的名字，始替代义宁之名，成为这块土地上生于斯长于斯的所有后来者沿用至今的籍贯。

历史上，任何一部史书，都是忽略细节的。我翻遍了与义宁有关的州志和

县志,都没有找到,为什么古代的地方官员,于绵延数百里幕阜山腹地,独独选中凤凰山下的一块土地,作为一个拥有4504平方公里版图大县的州县治所。

山形地貌是风水的外衣,它是人力可以改变的形式,只有泥土,才是风水的本质,是所有建筑的骨头,这是大师们秘不示人的堪舆秘籍。义宁古城的选址,就是泥土较量和裁决的结果。当初为州县治所选址时,主政者命人找来境内三处地方等量的泥土称重。一个是县西一百三十里有古艾遗都之称的渣津,一个为西去五里三国时吴国大将太史慈曾设西安里治所的黄田里,一个便是凤凰山下这块依山临水之地。不用说,当时的情景一定是万众瞩目、翘首以盼。经过对三个地方的泥土进行称重,在以分、厘作计量单位的戥盘中,义宁古城的泥土,以微弱优势胜出。从此,这块凤凰山下的寻常之地,得以脱颖而出,幸运戴上了州县治所的堂皇冠冕。

以上情节源于民间野史传闻,似不足信。但我仍深信,这块曾走出过"诗书双杰"黄庭坚和以陈宝箴、陈三立父子为代表的百年义宁文化世家的土地,一定是一块人杰地灵的风水宝地。前临七百里蜿蜒修河,背倚巍峨凤凰山,加之水草丰茂的良田沃土,得天独厚的地理位置,无不印证着先人的眼光。

三

打开清同治版《义宁州志》,里面有一张"义宁州州治图"。从中不难发现,九井十八巷,构成了义宁古城的完整格局。

义宁古城,历经唐宋元明清数朝发展和完善,城内州署衙门、漕仓、邮驿、鼓楼、学署、书院、考棚、育婴堂、文庙、城隍庙、财神庙、关帝庙、万寿宫等建筑一应俱全。这些规模大小不一的建筑,散布于九井十八巷间。

我不知道,九井十八巷,是否义宁古城独有,但我知道,它在义宁古城人心中占据的地位和分量。九井十八巷里所有的风吹草动,季节变换,无不牵动着古城人敏感的神经。可以说,它就是古城人的血脉,古城的魂。

顾名思义,"九井",指九口水井;"十八巷",指十八条街巷。刘公井、王爷井、铁炉井、午水井、义井、徐家井、孝友井、周家井、祝家井,这是分布于义宁古城九口水井的名字。饮水思源,吃水不忘挖井人,每一口水井,都是义宁古城的一面镜子,可以照见饮水者感恩的脸孔,照见义宁古城的过往和沧桑。

如果说,在自来水尚未出世之前,九井是一座城市生命中须臾不可或缺的物质元素,那么十八巷,便是支撑一座城市身体的骨骼。肖爷巷、当铺巷、华光巷、三古巷、周家巷、公敏巷、余自荣巷、卢家巷、清泉巷、铁炉巷、南门头巷、五鬼巷、黄荆巷、余家巷、冷家巷、古家巷、殷家巷、寺前巷,这是义宁古城的十八条古巷。它们严格按等距离南北走向对称分布,由一条东西纵贯的青石板长街串联起来。"九井十八巷,巷巷通街上",便由此而来。

自古以来,有水井的地方,必有人烟。义宁古城的每一条古巷,都通向一口水井。它们与九口水井紧密相连,形成一座古老城市稠密的人烟和繁华街市。

四

九井十八巷,只是一个城镇的格局和它巧妙的布局,人类居住的建筑,才是它的核心,而祠堂,则是它的灵魂。

作为一处庞大的宗族建筑群,祠堂是这个建筑大家族的主要成员。"宁州的祠堂,抚州的塔,苏州的扇子,浏阳的伞",自古以来,义宁古城便以祠堂建筑的精美,造型的风雅,底蕴的深厚,而闻名遐迩。

因时间久远,加之无史料可考,没有谁知道,最早在义宁古城建立祠堂的是哪一个姓氏,哪一个家族。但谁也不能否定,祠堂作为宗族建筑的代表,它是家族势力的象征,出人头地、光耀门庭,一定是每一个家族建立祠堂最重要的目的。无论名门望族,还是寒门小户,抑或外地新近迁入的客家人,家族的兴旺发达,是每一个家族成员奋斗的最大动力。

那年,我参观了位于广州市荔湾区中山七路恩龙里 34 号的陈氏书院(亦称陈家祠)。陈氏书院筹建于清光绪十四年(1888),光绪二十年(1894)落成的陈家祠,占地面积 15000 平方米,主体建筑面积 6400 平方米,由大小 19 座单体建筑组成,是广东省规模最大、装饰最华丽、保存最完好的传统岭南祠堂式建筑,其规模之大,为岭南之冠。这座由广东省各地陈氏宗族共同捐资兴建的"合族祠",让我即刻想到家乡的 130 栋祠堂。

史书记载,唐初设立常洲亥市,为义宁古城最早胚胎。到唐德宗贞元十六年(800)设立分宁县治后,这块不足两平方公里的土地上,人口迅速聚集,商业日益繁盛,鼎盛时期,各类店铺多达四百余家,义宁古城逐渐发展成为湘鄂赣边界商贸中心。为争夺义宁古城一席之地,县境各姓宗族莫不四方筹款,纷纷在义宁古城筹建祠堂,或创办书院,谋求宗族的兴旺。

一时之间,义宁古城九井十八巷里,祠堂林立。至清末,义宁古城共有祠堂130栋,建筑面积约 6 万平方米,接近北京故宫建筑面积的二分之一,规模十分庞大。

义宁古城的每一栋祠堂,都是时间的证明,是义宁先人遗留在赣西北这块古老土地上的珍贵遗产。

五

天人合一,是古人极力追慕的生活理念,也是古人理想生活的最高境界。

祠堂建筑的选址、朝向、布局诸方面,亦遵从天人合一的理念。除了朱雀玄武、青龙白虎这些风水因素之外,龙脉气象、背山面水、明堂宽大方正、水口关栏四势均和,皆为义宁古城祠堂建筑的基本格式和要求。这个过程中,熟知风水阴阳兼懂天文地理的风水师,扮演了重要角色,成为各个家族的座上宾。

祠堂建筑用料考究,皆以青砖木料为主要建筑材料。那些覆盖在祠堂屋顶上的陶瓦,相比普通屋瓦略厚、略大,统一的烟灰颜色,形成祠堂建筑的庄重表情。门前广场、戏台、大门、围墙、天井、享堂、拜堂、寝堂、辅助用房,它们共同构成祠堂的基本格局。祠堂的特殊结构,是专为举行宗族活动而建造的,这里成为祭祀宗族祖先、传播宗族文化和维系宗族成员感情的重要场所。

在义宁古城,每一栋祠堂,都代表一个姓氏。130 栋祠堂,就是 130 个姓氏。它们彼此独立,又相互竞争。聚集于九井十八巷里的祠堂,是先人植在大地上的一片密集的古树群。永不相交,只是它们的表象,看不见的地底下,根系却紧握在一起。不同姓氏之间,各种姻亲关系,构成一个城市盘根错节的社会网络。

那些矗立在赣西北大地上的祠堂,就是众多如同它的姓氏一样古老的大树。

作为宗族文化的标志和象征,如果你读懂了祠堂这棵古老的大树,就牢牢掌握了解读一座千年古城宗族文化的密钥。

六

双井,是修河边一个离义宁古城不足 15 里的小村庄,也是义宁古城黄氏宗族的一个重要分支。这个风景秀美的村庄,因走出过"诗书双杰"的黄庭坚而声名鹊起。仅大宋一朝,一个小小的双井村,黄氏一支就有 48 人考中进士,双井村成为华夏进士第一村,而一举登上中国旅游榜。

少年黄庭坚,头戴翠纱帽,身穿粗布皂衫,或急急奔走在去往县城的窄窄的双井道上,或顺修河泛舟而下,到义宁古城弃舟登岸。这是今日的我,站在义宁古城黄岭街华光巷破败的黄氏宗祠门口,对千年前那位少年书生前来县城求学的想象。

昔年的黄氏宗祠，一定建造得气派威严，高翘的飞檐，粗大的梁柱，门前必有一对高大的石狮子，它们彰显的是一个宗族大姓的显赫与辉煌。每每仰望着那块镶嵌在宗祠门楣上方，镌刻着"恩荣"二字的青石板，宗族的血脉必会在少年庭坚胸中不断奔涌，他便赶紧背起书包，跑进藏身街巷某处祠堂里的书院，端坐讲堂一角，在正面墙上孔圣人的注视下，默默用功苦读。

宋治平四年（1067）春，黄庭坚由县城码头乘船赴京师参加礼部会试。是年，进士皇榜赫然出现了黄庭坚的大名，随后他被朝廷擢升为汝州叶县尉。那一年，黄庭坚22岁，正是青春好年华。就此，这位胸怀抱负，由义宁古城走出来的年轻书生，走进了京师，走进了中国古代文学史。

"瑰玮之文，妙绝当世"，这是大文豪苏轼对黄庭坚的高度评价。正是黄庭坚这位江西诗派的开山之祖，开创了义宁文脉的源头。

七

时序更替，历史由宋而元、明，进入大清王朝的时候，由黄庭坚开创的义宁文脉的辉煌，被一个后人称为"义宁之学"的百年文化世家接续和传扬。

站在历史的长河，千年仅是一瞬；对于个体生命，百年已是漫长。经过七百余年的等待，义宁古城的一家书院，终于迎来了另一位少年书生，他就是后来参与维新变法、被光绪皇帝倚为重臣的封疆大吏陈宝箴。

某日，少年宝箴随一位黄姓同学去位于华光巷的黄氏宗祠玩耍。那块高悬于黄氏宗祠大梁上高宗皇帝御赐的"大夫世第"金色匾额，让他对一个显赫家族充满了浓厚兴趣，先贤黄庭坚以及黄氏家族出人头地的传奇故事，深深触动了这位从桃里竹塅来到县城求学的客家少年，激励着少年刻苦用功。

咸丰元年（1851）春月，宝箴前往省府南昌，参加乡试。同行诸同学，独宝箴不负众望，高中举人。不日，义宁古城陈氏宗祠门口和桃里竹塅的陈家大屋，皆竖起了一个家族引以为傲的举人旗杆。这个于1730年由福建上杭县迁入江西义宁州桃里竹塅120余年的客家家族，开始在义宁州出人头地，让当地土著人刮目相看。客家人陈宝箴借此步入仕途，并由此开启了义宁之学一个百年文化家族的荣耀之门。

陈宝箴不但科举卷策应试优秀，而且很早便显露了过人的军事才华。陈宝箴的青年时代，适逢太平天国运动风起云涌，清王朝统治被严重动摇。早年，宝箴在家乡义宁州协助父亲陈琢如创办团练，防御太平军进攻。1855 年初夏，太平军攻打义宁古城，陈宝箴率领团练，协同清军勇猛作战，多次击退太平军进攻。

1894 年，中日爆发甲午海战，北洋水师全军覆没。次年 4 月，清政府被迫签订丧权辱国的《中日马关条约》。也就是这一年，陈宝箴升任湖南巡抚，登上了他人生的最高峰。在湘省任上，陈宝箴一面锐意整治湘省吏治，办学堂，启民智，办报馆，开矿山；一面上疏朝廷，奏请光绪帝维新变法。一时之间，湘省维新风气大开，成为全国最有生气的省份。

"凭栏一片风云气，来作神州袖手人"，被誉为中国最后一位传统诗人的陈三立，出身名门世家，骨子里始终流淌着家乡义宁的血脉。作为陈宝箴长子，陈三立早早被家里送去县城书院学习。这位才识通敏的少年，从诸多同学中脱颖而出，于 1882 年乡试中举后，又于 1889 年殿试高中进士，成为客家人在义宁州的第一位进士，轰动一时。其父宝箴任湖南巡抚时，推行新政，他往侍父侧，襄与擘画，在罗致人才、革新教育方面效力颇多。时人将其与谭嗣同、徐仁铸、陶菊存并称为"维新四公子"。

戊戌变法失败后，陈三立远离政治，一心致力于诗，创作了许多杰出的诗篇，为"同光体"诗派领袖。正是这位昔年从义宁古城走出来的少年，将义宁之学推向了高峰。

八

我在义宁古城长大，九井十八巷里的祠堂，是我到过无数次的地方。那些和一个城市一样古老的祠堂，与我们风雨相伴，共同呼吸，它们早已成为我生命中不可分割的一部分。

我家住进铁炉巷的时候，巷里已经没有了铁炉，也不见了腰系皮裙的铁匠，还有那口名叫铁炉井的古水井，亦不知所踪，只剩着发黄的"义宁州州治图"上，一个仅供后人想象的名字。以前，巷口南端，正对着一处旧书院，名梯云书院；而巷子深处往北，则是一栋气派的祠堂，叫林氏宗祠。梯云书院和林氏宗祠，都是我小时候经常玩耍的地方。

据《修水县志》记载，梯云书院始建于明永乐年间，一进三重，书舍数十间，规模宏大，吸引了当时全县五十八乡乃至邻县众多学子前来这里求学，谋取功名。据考证，梯云书院正是陈宝箴、陈三立父子少年时代的求学之地。令人痛惜的是，后来梯云书院被拆除了。一幢新建的高楼，成了这里新的主人，再也看不到一丝书院的蛛丝马迹。如果不是义宁古城的老住户，很多人并不知晓这里曾经有一处赫赫有名的书院。

多少先人的历史，已然为岁月沉埋。

小时候的我，喜欢坐在林氏宗祠大门口光滑的石门坎上，对着铁炉巷口那边的旧书院眺望。巷子里缓慢吹过的风,地面缓慢蠕动的光影,青砖墙上缓慢生长的植物,还有那个戴着翻皮狗帽挑着货郎担缓慢走在街巷里的货郎……它们总是让我相信,昔年的少年书生,并没有走远,他们一定会在巷口出现,街巷里的青石板上,还会响起他们奔跑的脚步声,甚或会有朗朗的读书声,从书院那边某处轩窗隐隐传来。

如今,梯云书院早已拆除,幽深的铁炉巷只剩下短短的一截。虽然林氏宗祠还在,有时候我也会像小时候那样,去那个光滑的石门坎上坐坐,可是,在没有了书院的铁炉巷,我已经不再相信,还能和昔年的少年书生相遇。

九

祠堂,作为姓氏宗亲的血脉汇聚之地,无疑也是一处精神的图腾,是每一个从这里走出去的家族成员终生回望的精神家园。

多少生命,在祠堂里落生、嬉戏、成长;多少后辈,一辈接一辈,从这里出发,带着家族的期望,将薪火播撒开去。当他们老了的时候,无论富贵还乡,还是穷困潦倒,无论路途多么遥远,关山重重阻隔,总盼着能再次走回来,回到燃着长明灯的祠堂。

凡义宁古城有点年纪的人,都知道这样一个感人至深的故事。一位名叫周祥信的台湾孤寡老人,临终之时,托友人寄回一个大的旧樟木箱子,族人打开一看,发现全是一幅一幅有关义宁古城九井十八巷的画作,古城墙、古书院、古戏楼、古祠堂、古关帝庙、古城隍庙,几乎无一遗漏,全部出现在画作中。里面有一封书信,原来老人打小在九井十八巷里长大,出生地便是位于周家巷里的周氏宗祠。未及成年,老人被抓了壮丁,新中国成立前夕随战败的国民党去了台湾,从此再没踏上家乡一步。日思夜念,却只能隔海遥望,最后老人拿起了画笔,宣纸上的义宁,水墨中的九井十八巷,全是一个离乡老人的记忆。记忆复印在纸上,和现实中的情景分毫不差。

义宁古城里的九井十八巷,那里藏着一个远方游子最沉重的乡愁。

十

人类是建筑物的缔造者,也是建筑物的敌人。

19 世纪中叶,钢筋混凝土的问世,引起了世界建筑行业的一场巨大革命。它的发明者法国人约瑟夫·莫尼哀,这位每天和花盆打交道的园艺师,无论如何也想不到,法国巴黎盆地的某处私家花圃,一只蝴蝶翅膀的振动,让他成为遥远的中国大陆赣西北大地上一组规模庞大的祠堂建筑的掘墓人。这场建筑行业的巨大革命,给义宁古城 130 栋祠堂带来了灭顶之灾。

20 世纪八九十年代,随着城区住户和居民的激增,义宁古城开始大规模拓展改造。曾经与人类相依为命的水井,最后败给了由一根看不见的地下管道输送的自来水。昔日"九井"多被填埋,"十八巷"则被拆除得支离破碎,面目全非,义宁古城遭遇了远比历史上任何一次水患火灾更为可怕的劫难。祠堂、书院、戏楼、关帝庙、城隍庙,这些以"古"字冠名的建筑,在与挖掘机的较量中不堪一击。整个城区,仅城西黄岭街一带,尚留存着一片古街巷,较为完整地保留着义宁古城的明清建筑格局。对于那些被拆除的古建筑,它们的历史价值,没有人做过评估,但它们对于一座千年古城,必然是不可估量的损失。

进入 21 世纪,城镇化风行中国大陆,房地产这块诱人的蛋糕,被多少人争相疯抢,义宁古城留存的古建筑,进一步遭遇了毁灭性打击,破坏最严重的当数那些古老的祠堂。当初人们筹建祠堂的时候,一定不会想到,他们呕心沥血建起来的祠堂,这些宗族的象征物,会被后人毫不留情地拆除。

对,是拆除,是暴毙,猝死,而不是功德圆满的寿终正寝。

周氏宗祠、钟氏宗祠、易氏宗族、廖氏宗祠、曹氏宗祠、戴氏宗祠、黄氏宗祠、林氏宗祠、徐氏宗祠、陈氏宗祠、姚氏宗祠、莫氏宗祠、蓝氏宗祠、晏氏宗祠、樊氏宗祠、万氏宗祠、邓氏宗祠、李氏宗祠、徐氏宗祠、彭氏宗祠、刘氏宗祠、方氏宗祠、段氏宗祠,这是义宁古城众多古建筑中幸存的 23 栋古祠堂,它们成为劫难之后极为珍贵的幸存者。

　　2010年的夏天，在黄岭街附近的某一处古巷，我亲眼看见了义宁古城一栋百年老祠堂的拆除。随着"轰隆"一声巨响，气浪卷起冲天的尘埃，借助挖掘机钢铁的巨臂，又一座见证了数百年古城沧桑的老祠堂轰然倒下，画上了它生命的句号。

　　在遍地开花的钢筋混凝土建筑中，义宁古城幸存的23栋古老的祠堂，这些以青砖和木料为主要材料的建筑，是一座千年古城最后留存的建筑活化石。

十一

在古代,青砖和木料,都算得上坚固的建筑材料,可它们和钢筋混凝土的比拼,无异于鸡蛋碰撞坚硬的石头,莫不迅速败下阵来。

高层建筑,这些以钢筋混凝土为身体支撑的巨人,这些敢与天空比高的现代怪物,它们肆意围剿着义宁古城众多的祠堂建筑。一幢又一幢新生的高楼,这些建筑家族中财大气粗的暴发户,其实只是一些乳臭未干的后生小子。当它们以目中无人的姿态,以傲慢嘲笑的表情,面对那些正在被无情摧毁的古老祠堂时,是否想到过,面前这些日渐衰弱的蹒跚老人,是建筑家族中走过了漫长岁月的祖先。

在岁月的摧折中,龟缩于黄岭街一角的 23 栋古祠堂,已是风雨飘摇,一幅衰败的景象。在今天这个高楼大厦如雨后春笋的时代,风烛残年的它们,又能留存多久呢? 每次走在义宁古城,看着街巷里那些面临拆除的古老祠堂,我都感觉,是自己的一位至亲将要离我而去。那种刻骨的疼痛,无以言表。

如果说,义宁古城是一位正在离我们远去的千岁老人,那么作为古城历史地标的古老的祠堂,便是这位老人留给后来者的背影。透过那些古老的祠堂,我依稀看见大宋才子黄庭坚的背影,维新重臣陈宝箴父子的背影,以及无数奔走在九井十八巷里后来者的背影,他们共同接续了一座千年古城的精神血脉。

（张复林）

天 岳 探 秘

中国是个多山的国家，116 个山脉遍布全国各地，构成了雄伟壮观、多姿多彩的地理风貌。

在这众多的山脉中，有一个很不起眼的"小弟"。它呈东西走向，绵延于湘鄂赣三省边境，长仅三百余公里。它西起洞庭湖畔，东至鄱阳湖边，北面是江汉平原，南面是三湘大地。它的名字叫"幕阜山"。

与昆仑、秦岭、太行、横断等名山大川相比，幕阜山脉似乎显得微不足道。然而若从历史文化的角度看，它的"隐姓埋名"的确是一个极大的遗漏！

历史不可能没有遗漏，但有些遗漏实在是令人叹息的。

说幕阜山脉鲜为人知，可要是说到庐山、岳阳楼，恐怕就是家喻户晓了。殊不知这两个"名家"，恰好处在幕阜山脉的两端，就像两个灯笼，映衬出一个多姿多彩的舞台；又像两个旗杆，把一条山脉像拉横幅似的拉扯了起来。

幕阜山脉的高峰，大体有五六个，最好理解的便是与山脉同名的幕阜山，就像大巴山是大巴山脉的主峰一样。晋代葛洪有《幕阜山记》云：

山有石壁刻铭，上言：禹治水，登此山。高于平地一千八百丈，周五百里，二十四气。福德之乡，洪水之灾，居其上可以度世。又有列仙之宝坛场在其侧，傍有竹两本，修翠猗然，随风扫拂。其上有池，水甚澄洁。时有二鱼，游泳其中。有葛仙翁炼丹井，药白尚存。山无秽草，惟杞与芳苣之属。有石山，产如丹珠。绝顶有石田数十亩，塍渠隐然，非人力所能为！地绝高险，莫能上。有僧园曰长庆，有宫曰玉清。访众徒亦云，鸟道断绝，不可登览。左黄龙，右凤凰，皆在山麓也。

而左龙右凤两山，又数号称"一脚踏三省"的黄龙山最为著名，它与幕阜山几乎是手拉手肩并肩，相依相偎，难舍难分。因此在我的笔下，总是要把它们连为一体，相提并论。

我曾分别登临两座山峰，站在山顶打眼望去，立刻便生发出"天下英雄舍我其谁"的感叹。只见山的南面是湖南，眼前丘陵起伏，浩浩荡荡，直指巴陵。北看

黄龙山试剑石 冷伍敏摄

湖北,越过几重山岭,便是宽广的江汉平原,沉沉一线,云横九派。东边的江西,近处几个小盆地之间,群崖兀立,色若丹霞;远看还是崇山峻岭,一片崆峒,绵延不绝。踩在这块石上,你尽可纵览云飞,横听松吼,尽情抒发"江山入座"之慨。

这便又使我联想到了幕阜山的另一个名字:天岳。这名字绝非空穴来风,据《舆地纪胜》记载:幕阜山"山名之列凡五:曰天岳、雷台、雷公、天柱、幕府"。我想既有称谓,便有来路,或有历史掌故,倒不必细究。然而"天岳"却不是随便可以叫的,因为谁都知道,中华有五岳,最早是《周礼·春官·大宗伯》的记载:"以血祭祭社稷、五祀、五岳。"后来列国纷争,诸侯国君纷纷赐封本国内的山岳,以示威仪,使一些"岳"几经变更。比如南岳衡山曾为安徽的天柱山(古称霍山、衡山);"北岳"最早通指河北曲阳西北、恒山主峰之一的大茂山,而非现今的浑源恒山。但自秦始皇封禅之后,至汉武帝时,五岳终归确定,名声也逐渐大了起来。"五岳归来不看山,黄山归来不看岳""喝令三山五岳开道,我来了!"之类的文艺渲染,使得五岳与三山一起,组成了华夏大地的代名词。那么这"天岳"

又从何谈起？与五岳又是什么关系？见诸文字的虽有，但传播却不广泛，不说鲜为人知，也是知者甚寥。我费尽周折，也仅从《湖湘文库》中找到《天岳山馆文抄·诗存》一书，为清末湖南平江县著名学者李元度所著，其中有"天岳山名的由来"一段："地理志称：幕阜山，一曰天岳山，又称天柱山，高一千八百丈，周围五百里，跨义宁、通城数州县，道书曰'二十五洞天'。岳州称岳阳，以在岳之阳也。"可到底是何时由谁"称"的，还是没有说清楚。后来从《史记》《水经注》等众多古籍中发现，这"天岳"之名竟与伏羲密不可分。有遗迹考证，幕阜山实为华夏始祖伏羲的归葬地。古老传说中，伏羲就出生并活动于幕阜山一带，即长江流域中段，教习农耕，推演八卦，死后"崩葬南郡"，即幕阜山。就在幕阜山一峰尖下的阜山村，在塅中间有一山包，叫太平尖，传说就是伏羲墓。当地有童谣曰："太平尖尖，有个神仙，龙王见了要下跪，玉皇见他站下边，如来见他要作揖，观音见他要谢恩。"在国人眼中，除了远古伏羲，还有谁能充当如此厉害的神仙呢？山包后面有供祭祀用的"皇坛"，登上山顶，还有伏羲生活的遗迹，可见多处地基、石础，其间一座石屋内的石柱上，刻有"魁屋"二字，清晰可辨。"魁"者大也，天上北斗七星的第一颗就称魁星，人间称居第一位的、为首的即为"魁首"，因此只有伏羲居所方能称"魁屋"。后来大舜帝到此狩猎观天，研制历法，山民告知此地有雷神，此山又叫雷山。古人未得开化，闻见雷声闪电，便以为是天的代表。"神"字为古"申"字转化，以象形解析，就是闪电的形状。雷神被塑造为鹰嘴龙身，伏羲则是人首龙身，因此他们认定伏羲是雷神之子，亦是龙的传人。伏羲为太昊，是中华民族始祖，功比天高之神，舜当然大为感慨，便在此封禅，封幕阜山为"天岳"。《诗经》云："崧高维岳，骏极于天。"可见舜帝对于伏羲的敬重，再也无可比拟的了。

如此看来，最早封禅的古代帝王应为舜帝，最早被封为"岳"的山便是幕阜山。直到秦始皇泰山封禅之后，其他五岳才陆续确立。

有了五岳，却遗漏了早先的天岳。

天下本应有六岳的，却只传下五岳，这令炎黄子孙情何以堪？

当然，说幕阜山不负"天岳"之名，其因还远不止此。

据说幕阜山最早叫幕府山，一曰历山，是为纪念舜的祖父虞幕而取的。舜一家三代研究历法，并且精通音乐，《国语·郑语》曰："虞幕能听协风，以成乐物生者。"古时以吹律控制定历法，所以历与乐通为一体，虞幕既是自然科学家，又是艺术家，兼任宫廷乐师一职。历法要以大自然为依据，顺应四时变化，考量季节转换，研究历法自然要有合适的场所。幕阜山又叫雷山、雷泽，是洞庭、鄱阳两大湖之间凸起的一大山脉，地处南方气候复杂区域，风雨雷电交汇于此，十分便于观测分析，自然地理条件非常理想，虞幕便选择了幕阜山为研究中心。当然也可能与伏羲有关，相传伏羲在幕阜山山顶南天门仰观象于天，俯察法于地而制八卦，足见这里是观天察地之最佳境地，身临其境，必有所得。虞幕之后，其子虞叟、孙虞舜又都子承父志，祖孙三代推演天地万物变化之规律，编制历法，所以才有《史记·五帝本纪》中的"舜耕历山，渔雷泽，陶河滨，作什器于寿丘，就时于负夏"之说。如此看来，幕阜山还是我国最早的一个天文台，为自然科学的发祥地。

登临幕阜山，发现留有累累屐痕的，还有另一远古帝王——禹。清同治《平江县志·地理志》载：幕阜山有石壁，刻篆文曰"夏禹治水到此"；晋代葛洪也有"山有石壁刻铭，上言：禹治水，登此山"之说。两个文本，都记了同一件事，说明大禹确实到了这里，山上也确有他留下的摩崖石刻，只不过是四十多字的"天书"，至今无人能解，只隐约可见"禹治水登此山"六字。大禹治水，改其父鲧的拦堵之法，以疏浚河道为主，从黄河流域到长江流域，真是屐痕处处，血汗滴滴，其功劳苦劳，何止"三过家门而不入"？说他是以山川大地筑其魂也不为过！禹登幕阜山，自然是与他疏通洞庭湖流域的水道有关。禹不仅治水功高，更有在这里治理"三苗"的记载。"三苗"问题，从炎黄到尧舜，一直都是帝王们的一块心病，也曾多次行镇压、驱赶之策，如"舜却三苗"等。可蚩尤遗留下的华夏这一支相当倔强，极难平定。舜于是将这个烫手的山芋甩给了禹，也想借机考察一下禹的本事。禹巧妙借用治水的经验，以天意为训，以大义为理，以开导为主要手段，加上禹本是龙的后裔，与三苗同族，从血缘上有认同感，结果以和平的方式解决了问题，解除了朝廷的忧虑，彰显了禹治国理政的过人思路。也正是有治水、治人两大功绩，舜才完成了对禹的考察，下决心摒弃儿子商均，把华夏帝权交到了禹的手中。

面对幕阜山，我总是有一疑虑不得其解：既为"天岳"，且在远古如此显赫如此活跃，为何到后来却销声匿迹了呢？

直到春秋以降，道家兴起，魏晋佛教传入，幕阜山才又成了道、佛两家圣地。佛有禅宗五家七宗之一的黄龙宗在此确立祖庭，烟火旺盛千年，法传日、韩及东南亚；道有葛氏祖孙葛玄、葛洪在此炼丹修行，"八仙"中就有吕洞宾、张果老两个在此得道升天。至于秦始皇曾到此山封禅，只是民间传说，并无实据。《平江县志》记载，两汉以后，历朝历代都会委派当地官员代为登山祭祀，其地位就远在五岳之下了。

于是有许多专家学者对此耿耿于怀，穷究细查、精辩宏论者不绝于媒体。究其原委无非有三：一说是政治因素。古代把伏羲奉为东皇太一，视为最高的天神，屈原的《九歌·东皇太一》便是对东皇太一的一部颂歌，记录着对东皇太一祭祀的仪式和祭神场面的描写。在封建社会，人分高低贵贱，皇宫祭祀的对象，老百姓是不能染指的，故而祭祀天神的活动就仅限于皇宫之内，又因为幕阜山地处偏远，长期以来都是皇室委托地方官员代祭，久而久之，其影响也就淡化了。二说是宗教原因。幕阜山多为道家居所，由于伏羲的缘故，诸多道人慕名到此修炼，道观众多，至唐宋时期已多达一百余个。山顶之幕阜山洞即为道教第二十五洞天，伏羲被尊为东皇太一、天神。道家讲究隐身修炼，喜遁居幽静，不事张扬，以便修成正果，"得道升天"。因此道家人把自己搞得神秘兮兮，把道家鼻祖伏羲更是搞得神化、神秘化，时间一长，这山便也不引人注目了。三是战乱原因。史上幕阜山区的居民，经历过三次大的迁徙，现在留存的都是战乱之后的产物。一次是远古"逐鹿中原"之后，舜禹治理三苗，把居住在这里的蚩尤后裔大规模迁徙出去，一部分顺长江流域东行到了吴越，多数则往西南进入了武陵山区；第二次是战国末期，秦灭楚后，为防楚民闹事，便将他们西迁，幕阜山区的百姓多数被遣送到了云贵高原和四川盆地一带；第三次是明朝初期，江西填湖广，湖广填黔川，又是一次大规模移民。这样几次倒腾，就把幕阜山区的人口清理得所剩无几了，原居民"佘、翁、柳、卜，有也不多"，天岳幕阜山便也淡出了人们的视线。

我认为，战乱是最重要的一个原因。

人类最大的劣根性是欲望，有欲望就有争斗。人类社会几千年的发展史，就是一部相互争斗的历史。

战争尽管具有两面性，一方面能够推动历史前进，推动社会发展，但其所付出的代价，是千万个人头落地，是民生凋敝、经济停滞，更可悲的是坏了人心，使得强权张扬，弱小受欺，恶者称霸，善者遭殃，人类不断走进丛林法则。尽管230

多年前华盛顿就说过:"剑是我们捍卫自由的最后手段,也是我们获得自由后应最先放下的东西。"尽管毛泽东在其光辉论著《中国革命战争的战略问题》中精辟地指出:"战争——这个人类互相残杀的怪物,人类社会的发展终久要把它消灭的,而且就在不远的将来会要把它消灭的。"但直到今日,剑却从来没有放下,离消灭战争好像还遥遥无期。

战争一日不灭,人类一日不得安宁。

这又使我想起了幕阜山下的一个关隘——天岳关。

天岳关设在湘鄂交界的一个山口,幕阜山和黄龙山分列两侧,为古代两湖分界的唯一通道。关为花岗岩方石所砌,倒也雄厚壮实,但并不险要,与两边的巍峨山势相比,还略显狭小。关的上方刻有正楷"天岳关"三字,为李元度手书,两边并无对联。史载此关始建于南唐保大年间,曾为历朝历代兵家争夺之地。后周与南唐两军鏖战于此;宋代岳飞围剿洞庭杨幺,曾派兵屯此关;元末红巾领袖徐寿辉据鄂州,也守此关;清咸丰年间,太平军就是从湖南由此入鄂,占领通城;1926年,北伐军击退吴佩孚一部,亦经此关北上进入通城。

黄龙山上映山红　冷伍敏摄

最使天岳关闻名于外的,还要数抗日战争时期。1939年8月,中国国民革命军陆军第92师刚从台儿庄战场撤下,受命驻守天岳关一带,任务是拦截南下湖南的日军,策应长沙会战。会战结束后,师长梁汉民深感多次战役的惨烈,思念所部阵亡将士，于是在天岳关西侧修建了一座"无名英雄纪念墓"，以志纪念。于是天岳关便成了幕阜山麓的一处著名纪念景点，成了三省旅游的必选胜地。

我到天岳关那天，恰好是清明日，天气阴晴相间，乍暖还寒。关的西侧，有一条石阶步道，步道口上建一仪门，门柱顶端是两个军人头颅石雕，底部是两个持枪军人雕像，恰似两个守卫的哨兵。门楣上书有"无名英雄墓道"字样。沿步道拾级而上，行约百十米，便至一小山头，纪念墓就建在山头上。墓地不大，全由麻石铺就，方形座基上，耸立起一块十余米高的墓碑，碑形为一个头戴军帽、身披战袍、手握钢枪的军人，器宇轩昂，面北而立。墓前、碑身分别有蒋介石所题"气壮山河"和抗日名将薛岳题写的"浩气长存"石刻。墓后竖立一块墓志铭，铭略曰：

壮志凌云，生活艰辛。连季长征，救国救民。昔同甘苦，今竟成仁。出师未捷，何堪先殉。求仁得仁，不负此生。忠昭日月，义泣鬼神。英雄无伦，崇高无论。万古凛烈，感召后人。

落款是"中华民国二十八年陆军九十二师师长梁汉民率全军将士建立无名英雄墓纪念"，铭文应为梁汉民所撰。据说此墓在20世纪六七十年代被破坏殆尽，唯有这块青石板铭文碑得以幸存，为1987年重修后的唯一原物。

离开了墓地，我们又转到了天岳关西头山坡上。站在坡上向下望去，天岳关显得更加矮小，许是便于两边山坡通行，我看到在关顶上还修了一条便道，使得这关简直不称其为关了。

想来也是，所谓关，不过是古代争斗的产物罢了。赣南大庾岭的梅关上，就有一副对联，道是："梅止行人渴，关防暴客来。"可到了和平年代，既没有了战争的刀光剑影，"暴客"也无立足之地，加上社会的发展，交通、通信乃至军事的发达，区区一关早已变得无足轻重，只剩下旅游谈资了。回头思考，总觉得当时的争斗毫无意义，诗人说："万里长城今犹在，不见当年秦始皇。"历朝历代的血雨腥风，成千上万的人头落地，换来的不过是一时成败、几度存亡。历史只要翻过一页，那些不都成了过眼烟云吗？

遍观全球，中国关多，外国堡多，几乎无隘不关，无险不堡。且不说外国，从我们民族的历史看，一路走来，争斗何时停息过？远古有炎黄争斗，之后黄帝又与蚩尤大战二百年，直到把蚩尤杀死，杀得"刑天舞干戚，猛志固常在"，杀得九黎三苗南北逃窜，北上的远达欧美，南下的进入幕阜山脉，"左洞庭，右彭蠡"。到了尧舜时期，又怕三苗九黎不服管辖，尧帝、舜帝再次对其征服，虽没有赶尽杀绝，也已元气大伤，只能散居西南"三危"之地，或是融入其他族群。到了夏商周，帝王父位子传，改朝换代都以战争解决，特别是春秋战国，群雄逐鹿，四分五裂，把中华民族引向了深重的灾难之中。在长达五百多年的时间里，到处充斥着血腥搏斗，经常发生惨不忍睹的屠杀事件，久而久之，竟然演变成了一种以力绥人的恶性文化，之后又绵延传承了两千年。在超强的权力把控面前，孔老夫子"克己复礼"的声音是那么微弱，孟老夫子"民为贵，社稷次之，君为轻"的呐喊也只能令有识之士们摇头叹息。这就是历史，这就是几千年的文明史。有人说"一将功成万骨枯"，而所谓的人类文明社会发展，不更是亿万枯骨堆砌而成的吗？我想这绝不是我们所应该拥有的。人类需求的，是和平和谐，是平安礼让，是道德法治，是真正的文明。其实在历史长河中，这样的"桃花源"也曾有过，从天岳幕阜山的巍巍群峰里，就可以找到有力的证据。在尧舜禹的治理下，这条连接祖国南北、连接长江黄河两大流域的"龙脉"，记录的都是耕田种地、疏

黄龙山　冷伍敏摄

浚河道、推演八卦、研制历法、创造音律、调和民事的和平经历,传唱的都是劝事农桑、寻道炼丹、共抗灾害、和谐共存的悠扬山歌。没有战争,没有残杀,没有阴谋诡计,没有烽火硝烟。多么善良的人心,多么友好的氛围,多么积极的生活,多么美丽的家园! 只不过美好的东西总是那么短暂,总是被恶劣的争斗史所淹没。我们讲弘扬优秀传统文化,需要弘扬的,正是这种难能可贵、光辉灿烂的中华文化啊!

那天从关上下来,天上日隐云聚,下起了小雨。雨丝打在山野林间的一块块无字墓碑上,就像挂在一张张脸上的泪水,参差流淌。那些无墓之碑,是后人为缅怀无名英烈陆续立起来的。我相信每块碑上都会有一个魂灵,和平年代,他们理应得到天地的关爱,享受人间的烟火。

我们都没有打伞,便急忙下山,边走边向这些无名墓碑行注目礼。直到上了车,我还在透过车窗,向外瞭望,但见那些墓碑渐渐远去,隐入了山野之中。山野里,到处是盛开的桐子花,那花儿雪白雪白,成片成片,在翠绿色的背景下,在蒙蒙烟雨中,开得壮怀激越,撼人心扉。我自少时从这山里走出,其间也多次回乡省亲,但印象中春天的山花还是以杜鹃为主,不知这遍地桐花是何时铺就的? 想必是天人感应,幕阜山这华夏的"龙脉",要在当今昭告子孙,展示黎民百姓崇尚和谐、平淡、洁净的文化本源!

那一刻,我的心灵突然变得圣洁起来。

(朱法元)

白 鹇 坑

地处江南幕阜山系的群峰脚下,终年流淌着一条波浪翻滚的江水,水流蜿蜒曲折,奔腾咆哮八百里后一路径直注入鄱阳湖。在江水上游处有一酷似"母抱子"的巨石直插水中,故地名曰抱子石,离抱子石上游约一公里处的地段,有一名叫白鹇坑的小山村。

据老人讲,此地原名白马坑,而且名字的来历也颇为传奇:一说是因为村子东头有座酷似一匹骏马的山,每到月圆之夜,在月光的照射下形似一匹昂首向天、奔腾咆哮的大白马而得名;一说是当年打遍十八省州无敌手的武举朱显宗胯下坐骑乃是一匹浑身上下没有一根杂毛的大白马,地因人显,人因地贵,人们自然而然地把此地称为白马坑;还有一说是此地曾出过一位饱读诗书的进士,放榜之日大宴宾客,酩酊大醉之后狂态毕露,当场挥毫手书大诗人李白《侠客行》里的"银鞍照白马"一句,引经据典、借题发挥为本地取名曰白马坑……后来,不知从哪年哪月哪日起,越来越多的白鹇鸟不断从山外飞来此地栖息,山间、田野、溪边随处可见高脚长颈的白鹇鸟啄食嬉戏。慢慢地,村子的名字在人

们口中就变成了白鹇坑。

　　白鹇坑村子不大,地势却险峻奇绝,群山环抱之中只有一入口处,一条小溪曲里拐弯地从悬崖下面汩汩注入修河,左右各有一座酷似雄狮、猛象的小山牢牢把住出水口,溯溪而上约一华里左右,又有两座酷似龟、鱼的小山蹲在溪旁嬉戏,诠释着龟追鱼跑的快乐自在。几十户人家零星地分布在溪水两旁、群山脚下,过着日出而作、日落而息的农家生活。就在这样一个小村子里,流传一个美丽动人的故事:

　　相传乾隆皇帝即位后,国泰民安,四海升平,于是乾隆便整日饮酒赏月,吟诗作对,与群臣觥筹交错,乐而忘忧。一天晚上,乾隆突觉气血浮躁,难以入睡,朦胧中,见一群白色巨鸟翩翩起舞之处,有一身披白色铠甲的年少将军,挥百万雄师,杀奔京城。更令人吃惊的是,开路先锋竟是一双法力无边的雄狮、巨象,为首的白甲将军,头顶瑞气千条,直冲牛斗,隐有王者之形,辅佐左右的就是龙宫出来的龟、鱼二丞相,运筹帷幄,攻关夺寨,势如破竹。乾隆皇帝吓得大叫一声,滚下龙床,原来是南柯一梦,用手一摸,头上冷汗淋漓。

　　第二天,皇上急召群臣询问凶吉。丞相掐指一算,大惊失色,跪地奏曰:启禀皇上,此乃大凶之兆也。白鸟黑腹,乃白鹇也! 此鸟乃在江南一带栖息,龟、鱼者,河泽之属也,据臣推知,此地必是江南诸河流域,请皇上速速派遣风水先生南下寻找此地,破其龙脉,方可保大清江山稳如磐石。

于是,乾隆皇帝亲自五次驾临江南,以游山玩水为幌子,明察暗访梦中之地。谁料竟屡次扑空。从此,梦中之地成了乾隆的一块心病,使他寝食不安,茶饭不思,竟积忧成疾。宫中文武百官个个小心翼翼,生怕冲撞皇上,招来杀身之祸。

忽一日,有一仙风道骨老者求见,声称能治皇上心病,皇上龙颜大悦,立即带病上朝召见老者。只见老者口中念念有词,拂尘飞处,大喝一声"疾",一道金光奔南方而去。须臾,老者开口道:"皇上,龟、鱼,龙之将也!白鸟黑腹,白鹇也!此地必在江南幕阜山系脚下修河流经之处的白鹇坑。若不是抱子夫人牢牢把关,皇上龙位早已被白甲将军替代矣,如今速速派人前去斩断此地龙脉,可保大清之基业稳如磐石。"言毕,人已冉冉升上半空,众大臣一看,原是太白金星下凡,乾隆急率众大臣跪拜在地,感激太白金星前来点化之恩。

于是,乾隆皇帝第六次驾临江南,亲自到白鹇坑一看,果与梦中之地一般无二:雄狮、巨象依水而卧,神龟、灵鱼嬉戏自如,真正是"狮象龟鱼锁水口,不出天子出王侯"。好个风水宝地,果真藏龙卧虎。乾隆立即调兵遣将,斩断龟头、鱼头,改道小溪,让神龟、灵鱼高高晾在小溪岸上,活活渴死;又派人把白鹇坑尾部凿通,修一条石路直通山外,王者之气顿时烟消云散,无影无踪。据说斩断龟、鱼之首时,血流不止,三日三夜,乾隆于心不忍,故留下狮、象没有斩杀,在出水口

处修起一座镇压风水的石拱桥。办完此事后，乾隆皇帝又亲临抱子石焚香祭拜抱子夫人，并留诗一首，以拜谢抱子夫人牵制白甲将军之功：

> 西出修江十里余，
>
> 分明抱子立江矶。
>
> 晨昏昼夜云为帐，
>
> 春夏秋冬草作衣。
>
> 终岁不闻儿啼哭，
>
> 何年得见丈夫归。
>
> 吾今欲为传消息，
>
> 又恐旁人说是非。

从此以后，白鹇坑的王者之气便消失得无影无踪，纵使出了几个文臣武将也是后继无人、一代不如一代！而那往常空中飞来飞去的白鹇鸟也渐渐绝种灭迹，只给此地空留一个美丽的名字而已！

（全秋生）

浪漫到一幢楼的高度

去一个叫回坑的村庄,是2008年一个怡人的秋日。去之前,我对它有过简单的了解,也仅限于两个名字:廊桥和绣花楼。有了廊桥,就有了《廊桥遗梦》式的浪漫,加之有了些慵懒的阳光,沿途微醺的秋色。

我明白,我要深入的是一个村庄的过去。我将要行走在百年之前的田园乡村,行走在远逝的沧桑和风尘中。不知是谁在迎接我。

村庄是安静的,没有鸡鸣犬吠的喧嚣。只有我们这一串外来者的脚步声,踩碎了沉淀久远的寂寞。有一只狗从一棵古树下爬起来,朝我们张开了鼻翼,之后又悄无声息地离开了。它离去的方向就是绣花楼的方向。几乎是同一时间,我们追踪着它的脚印,一步一步,接近了那翘耸的飞檐,那被现代的村舍包围的绣花楼。

新湾绣花楼1 冷伍敏摄

这是一幢徽式的建筑,坐西向东,屹然而立的风火墙,青色的砖,灰色的瓦。这一切同我的想象并没有多大的区别。所不同的是,在楼房的南北两侧,正对

天井的位置，各有一座小楼，凌空端坐。它甚至超越了正厅的屋脊，达到了风火墙上飞檐一样的高度。那是女人绣花的地方。一个女人能够在接近云端的地方穿针引线，远眺，怀想心事，那是一个多么崇高的位置，连男人都必须仰视。

　　这也符合我的猜想。刚听说绣花楼时，我就固执地认为，它一定是女性的，有着女人的妩媚，有着女人的玲珑娇巧。事实再次印证了我的猜测。就连门边系马石上镌刻的花纹，也如女人刺绣一样的精美。那是一朵"必"字形的花饰，蕴含着"笔定如意"的祝福和憧憬。越过第一道大门，是一个宽敞的空间。左侧是一片水塘，取名月塘，虽然废弃了，但似乎还有着莲的清香，淡淡的，隐约在我们的鼻息间。右侧是洗衣塘，当年的青石仍在，但我止住了脚步，不敢踏上半步。我怕青石上那一双浅浅的纤足承受不了一个现代男人的鲁莽。

新湾绣花楼2　冷伍敏摄

　　再往前行就是第二道大门了，而我的内心突然有了莫名的忐忑。我不清楚自己在担心什么。也许百年之前的一个青年男子，他的魂灵此刻正依附在我的身上，他就要跨过这道门槛，他要在今天迎娶他梦中的新娘。但我来不及做更多的联想，身后的人群就裹挟着我，几乎是一个趔趄冲过了门槛。展现在我面前的，完全是一个木质的世界，木柱木梁木檩，木门木窗木墙。那么多的木头，簇拥着，攒动着，重重叠叠，繁繁复复。它们一律沉默着，让这个沉静的世界有了无限的幽深。所有的门都是紧闭的，看不到门内的世界，不知那又是一个怎样的未知呢。偶尔开启一扇，见着的是一张雕花木床，精细的做工，生动的雕刻，七彩的颜色，虽然历经弥久的岁月，它却始终闪现无法蒙蔽的暗光。床长七尺，寓意为离不开"妻"。难得的是还有一个床榻，半尺高，卧于床前。离不开"七"，更离不开"六"。象征六六大顺的三十六扇镂花木门，每一扇都一样的精致，颜色也许染了沧桑，花饰却依然清晰。其中在木墙间隔的四条小巷中，二十四扇木门刻有"二十四戏"的图案。栩栩如生的人物，一举手一投足，一笑一颦，仿佛如昨。可惜其中十八扇的图案有部分损毁，只有东边的六扇完美如初。对于"二十四戏"，我试图做一些了解，但说法不一，有说是二十四个故事，有说是一部戏剧的二十四个情节，也有的说是二十四种不同的剧目。究竟哪种说法真实可信，这已经不重要了。因为我明白了，至少有一个人，曾经那么热爱着它们。为了一个人的热爱，有人雕刻了它们。

另外，我还注意到几个细节，横梁之上的鳌鱼似乎也没有别处的刚烈，那翘起的鱼尾呈现的并不是雄性的力量，而是女性的柔软，一种阴柔之美。还有一个讲究的花架，花架下是一只盛放熏香的木盆。据说还有宫灯，上下厅堂各有四盏，四条木巷各有一盏纱灯，华美之极，不过我没有见到。百年之前，也许这里灯火辉煌，熏香满屋，美人盈笑。

从木巷中脱出来，此时的秋阳正热烈着。绣花楼的阴影落下来，院子里有了深深浅浅的层次，一半是秋阳的喧闹，一半是镂花窗门的安静。偶然一回首，某扇木门镂花的空隙里闪过一张脸，一半的羞涩，一半的惊惶。曾经，她也许就这么注视过一个青年男子。而更多的时候，她会站在绣花楼阁上，将一个村庄尽收眼底。远处的山峰，近处的稻田，甚至更远的道路上某个人影，他一步一步地走近，放大脸谱，尔后擦着墙根而过。也许其中的某一人，于某一天，在东墙下停了下来，他不想走了。他就站在那儿，抬头张望。两座绣花楼开启了两扇幸福的天窗。他看到了天窗上的一张脸,慌乱的脸。然后是哎哟一声,针尖扎着了她的手指。沾了血色的手帕就从楼阁上飞了下来,也许是风吹的。

遐思的时候,院落里同伴在喧嚷着,"抛绣球了"。楼阁上是一片清清脆脆的笑。我借机出了院落,如果有一个绣球,她也会将它抛向墙外。那简直是一定的。

从天井中的砖刻上知道,绣花楼建造于清光绪癸巳年(1893),距今已有一百多年的历史了。建造者是一个名叫车音和的人。关于他的历史只有《车氏宗谱》有记载:性情朴实,不染纷华,喜读书,能裕后,惟田园是生涯,度量宽宏容物,品行珪璧无瑕,承父母柔声怡色,训子孙主正改邪。

也许我要补充一点,还有浪漫。他骨子里一定是一个浪漫的人。在一个女人足不出户的年代,他为她们打开了两扇通向世界的天窗。我无法想象那是一个怎样的男人。但我能想象,他目送他的女儿走上花轿之时,一定脸含微笑。做他的女人,生为他的女儿,都是幸福的。

而从回坑了解到的另一个名字——廊桥,从它的两块砖刻上知道,它也是他的建造物。虽然一样有着徽式的风火墙,但同绣花楼相比,却要简朴得多,而且少了一种阴性之美。《廊桥遗梦》式的浪漫离它是很远了。后来才了解到,廊桥实际上是车音和的长子承建的,难怪风格上有了明显的差异。也有一种可能,我去的不是时候,如果在雨天,置身在廊桥之上,执子之手,眼前的雨景又是另一番景象呢。

(樊健军)

去双井做书生

梦回双井，感觉纸笔在贴地行走，精神在凌空飞翔。

七百里修河，在双井拐了一个弯，便有了风景秀丽的明月湾，有了双井的灵秀与神奇。

宋治平四年（1067）春，明月湾窄窄的双井道上，急急奔走着一位头戴翠纱帽，身穿粗布皂衫的年轻书生，正沿着蜿蜒的修河，赶往下游不远的县城码头，乘船赴京师参加礼部会试。是年，进士皇榜赫然出现了书生的大名——黄庭坚。随后，他被朝廷擢任汝州叶县尉。那一年，黄庭坚22岁，正是青春好年华。就此，这位胸怀抱负的双井村的年轻书生，走进了京师，走进了中国古代文学史。然而，黄庭坚命运的艰难多舛，也就是在那一年埋下了伏笔。

时光斗转，千年轮回。一个少年，脚踩春色，也时常往返于双井道上，一如当年外出求取功名的黄庭坚一样。那个少年，便是追踪着家乡先贤脚步的我。很早时候，我就获知，与我家相距十来里之地，有个叫双井的村庄，它是北宋大书法家、江西诗派始祖黄庭坚的故乡。那里人才辈出，仅宋一朝就先后出了48

位进士,是远近闻名的进士村。在众多读书人中,黄庭坚凭借着他的聪颖勤奋,成为最出类拔萃的那一个。

　　一湾秀水,流淌着千年灵气,亦滋润着醇香的名茶。清澈的双井水,冲泡着诱人的"双井绿"。双井茶形如凤爪,芽叶肥壮,品质独特,茶的淡泊、雅致、宁静,融入黄庭坚的灵魂深处。对于家乡双井茶,黄庭坚特别珍爱,有诗赞曰:"山谷家乡双井茶,一啜犹须三日夸。暖水春晖润畦雨,新条旧柯竟抽芽。"黄庭坚常以双井茶相赠好友欧阳修、苏东坡等,欧苏均有诗作赞誉双井茶。一时双井茶声名远播,名扬天下。因为名茶"双井绿",因为黄庭坚的推介与喜爱,一个小小的村庄,被写进了中国茶文化史,多少文人骚客为之倾倒。

双井,犹如一块魅力四射的宝藏,正在吸引着一个少年,一步一步走近它。

　　去双井之前,对那个声名远播的村庄,少年已多次展开过这样的想象:

　　那里不仅拥有两口并排的古水井,更是一个诗礼相传、茶园滴翠、遍地桑麻、依山傍水的江南村庄。那里读书风气炽盛,村夫野老个个识字断文。村庄书院气派,门宇轩昂,在塾师的悉心教授下,稚童少年在那里用功苦读。村庄庭院深深,院落之间,石铺甬路相连,男子俊逸儒雅,知书识礼;绣花楼上,女子明眸皓齿,秀丽端庄,惹人爱怜。"绿树村边合,青山郭外斜","小楼一夜听春雨,深巷明朝卖杏花"……意境之美,村庄就像安放在唐诗宋词里。四十八进士,正是从这里走出去的一个又一个的书生,他们灿若群星,让双井这个原本隐藏在幕阜山深处的寻常村庄,闪耀着神奇的光芒。也正是因了这样一个山水村庄的滋养和光照,才成就了黄庭坚的"诗书双绝",并成就了江西诗派。一句"桃李春风一杯酒,江湖夜雨十年灯",江湖漂泊,人生艰难,无不在字里行间凸显。

当今日少年的我,背着书包,奔走在双井道上,分明感觉,昔年那些赶考的翩翩书生,他们并没有离去,他们还在古道咏诗,还在茶园品茶,或在书院挥毫,或在星月下谈笑……这样想着,我已恨不能即刻飞到双井,去做一个进士村的书生。我当然知道,这只是自己一厢情愿的想象,我已无法回到古代,更做不回古代的书生。而且,双井村也不可能再是那个宋朝的村庄。然而,少年的我,已迫不及待,渴望走进双井,走进那个梦寐中的村庄,去揭开一个村庄和从那里走出来的那位大诗人的神秘面纱。

当第一次真正踏足双井,站在岩石嶙峋的双井古道上,面对明月湾那一泓碧水时,少年的呼吸屏住了,心怦怦直跳,彻底被一个千年古村震撼了。四十八进士,高峰书院,摩崖石刻,进士墓群,朝廷贡茶……这里不仅拥有厚重的历史文化,而且自然景观绝佳,十里秀水、明月湾、笔架山、上天梯、千亩茶园,无不令人迷醉。双井,完全是一片历史文化和风景俱佳的神奇沃土。无疑,历史文化

是它最耀眼的名片。

　　每次进入双井,少年都会明显放缓进入的速度,似乎总怕错过与双井村那些书生们的相遇。修河岸畔,碧水环绕的双井村,不论刮风下雨,总有一个青涩少年,屡屡在明月湾一带流连,想在此来一场千年的遇见,甚或期待与那些书生们并行双井道上。而那位品行高拔,虽屡遭贬黜,仍为民请命疾呼,名叫黄庭坚的大书生,则时常会出现在少年梦中,俨然成为少年追寻的偶像。

　　那时候,少年内心总有种特别的渴望,那就是去到双井村,品着双井茶,沐浴着明月湾的清辉,吹拂着修河柔绵的风,把酒吟诗,做回一个宋朝时候的书生。

（张复林）

抱 子 石

修水河弯弯绕绕,走过八乡十六都,到了最东边,又是几个旋转,转出一个百丈深潭,才一步一回头地缓缓向外趸去,似乎实在舍不得离开这块风水宝地,总在家门口流连。

河边高高的山上,是一个著名的风景胜地,名曰"抱子石"。那石头委实长得出奇,远远看去,其形状酷似一位少妇,怀抱幼子,用千期百盼的眼神,深情地向远处眺望着。

四都　抱子石　冷伍敏摄

有了这道景致,当地便流传了一句民谣:"修水有个抱子石,出门三天把家哇。"据说修水人之所以都很恋家,就是因为这抱子石。凡是外出的男人,一脚踏出修水地界,只要回头一望,那少妇忧郁的眼神就会使他顿生伤感,那汩汩奔流的修河水,也变成了少妇怀里幼儿的声声啼哭,直揪紧了他的心。于是他在外面总不得安心,总要无比执着地赶回家中。这还真是个奇特的现象。据我所知,本乡本村从古至今外出谋生的确有不少,比如有担花的,有做茶的,也有读书的,或是读书之后在外工作的。可真正能落户在外的,寥寥无几,总是半途而废,打道回家。我的太祖父就曾在汉口做过生意,在汉正街上开了一个铺面,经营了几年,不知为何却又返回了这个穷山沟。有一年我出差路过那条热闹的街道,当时心里就有一番感慨,老爷子当初若不回来,我的籍贯一栏填的可能就不是现今的地方,而是堂堂大城市了。这种现象一直延续到后来很长时间,到我当兵的那个年代,都还是恋家的多。比如我们那一批兵,共有 400 多人,留在外面的算不出 10 个,一个个服完几年现役就火急火燎地打道回府了。

修水人便说这是因为有了抱子石,有抱子娘娘在家门口苦苦等候,苦苦期盼,修水人才会特想家。当然这只是一种心情的美好寄托,其实修水是个文章礼义之乡,儒家风尚特别浓厚,"父母在不远行""在家千日好,出外一时难"等训诫总是牢记于心,社会取向都是向往"朝见父母晚见妻"的温馨生活,甚至把抛家别子远离家乡视为"不孝",都以一家团聚、举案齐眉为荣。尽管外出工作的见识广、气派大,也有不少令人钦羡的,但人们还是信奉"七十二行耕作为王"。这应该是修水人骨子里的文化传承。

我有时想,恐怕也另有原因。

是不是修水的山太美水太秀,硬是把修水人吸引在这里? 你瞧吧,这个地处幕阜山深处的大县,就像是深藏在万山之中的一颗璀璨明珠。幕阜山脉和九岭山脉在这里交汇,孕育出八大山头,几乎每个山头都是一大景区:凤凰山钟灵毓秀,黄龙山禅宗祖庭;茅竹山古木参天,香炉山宝矿藏地;布甲山溶洞幽深,东岭山奇石突兀;程坊山高峡平湖,画坪山桃李争艳。在这些虎踞龙盘的雄山身旁,是无数缠绵悱恻的道道柔水。水之至秀,便能造出惊世奇观。仅我之孤闻寡见,就有许多值得称道的,比如,黄龙山下的泰清温泉,石牛寨的天下第一长漂,杭口的著名河道"双井明月湾",古镇渣津的怪异景观螺丝顶,等等。试想,居住在这等优美秀丽的环境之中,怎能不叫人流连忘返、乐不思迁呢?

是不是修水的女子长得太美,勾住了男人们的魂呢? 这种猜想还真不能一概否认呢!"修水出美女"的说法,少说也已经在江西省内广为传播了,人们甚至颇为骄傲地表示,首都北京人民大会堂的服务员——那些模特一样的姑娘们,很多就是从修水挑选来的! 于是就有了一个神秘的传说:古时有一个朝代的皇帝，被起义军追赶，逃避到了修水。由于追兵太急，皇帝老儿为保住自己的命，便忍痛割爱，丢下一大帮美貌妃子，只带几个随从逃了出去。打这以后，这群妃子就在这里居住下来，结婚生子，延续后代，繁衍出了一个美丽漂亮的部落。当然这个传说是真是假，已无从考证了，但这里的山这里的水，这里孕育出的女子，真的是别有韵味。她们一个个是那么纯朴那么水灵，那么自然那么娟秀，尤其是那么聪明那么能干，那么贤惠那么温柔，真真下得厨房上得厅堂，谁娶了修水女子，谁就有福气啊！有这样的女人守在家中，哪个男人能在外面久留呢？

咳！真真是个烦人的抱子石、无奈的抱子石！

到了后来，抱子石却也发愁了、惊奇了。那是 20 世纪八九十年代，改革开放的春潮同样涌进了修水山区，山里人忽然发现，山外还有山，外面的世界很精彩，外面的世界很无奈。过去"薯丝饭，茶壳火，天上神仙不如我"的生活，其实不算是好的，人们不能满足了。于是，大批的人们走出了山区，先是男人，后来逐渐加入了女人，那阵势，真是浩浩荡荡，勇往直前啊。而且，渐渐地，出去的人多，回来的人少了。人们不知怎么突然间不留恋家乡了，不为抱子娘娘的顾盼眼神所牵引了，是那样义无反顾地走四方，创业他乡。据统计，一个 80 万人口的县，外出打工的就多达 20 万人。走在修水乡间，只见"386199 部队"（指妇女儿童老人），难见到青壮年，就连冬季扑灭山火，也找不到壮劳力，光是老弱病残冒险奋战。随着人们的这种变迁，山里的面貌也逐渐发生了变化。过去连片的破旧村庄，已被幢幢崭新的小洋楼所取代，家家户户的餐桌上，过去黑色的薯丝饭已变成了雪白的大米饭，盘子里的清一色白菜萝卜，变成了丰富多样的美味。小城镇变大了，街道变宽了，摩托车成群，电视、音响普及。每到过年期间，会有上千辆小汽车涌向山乡，那都是在外面发了财的人们，在进行新的"衣锦还乡"呢！

不知抱子娘娘做何感想？反正我是甚感欣慰，甚感兴奋。这是多么可喜的变化啊，不甘于贫困，不甘于落后，不甘于闭塞，不甘于无为。这是思想观念的变化，是思想境界的升华。就在举国上下风起云涌奔向致富路的年代里，我也曾多次思考过，修水是著名的革命老区，面积达 4500 多平方公里，为江西省第一大县,地处湘、鄂、赣三省交界之处,位置偏僻,又是国家级的特困县,这些特点,使修水无奈地戴上了"老、大、边、穷"的帽子。这么一个交通不便、资源匮乏的地方,究竟怎样才能脱贫致富啊!作为一个在外工作的修水游子,我不知为此度过了多少个愁烦之夜,常常遥望远山苦思冥想,苦于自己言微力薄,无计可献,无功可建,愧对江东父老啊!后来,我终于从大踏步走出山沟的队伍中,看到了希望,看到了光明。正所谓"人有人路,蛇有蛇路",东方不亮西方亮,人总不能在一棵树上吊死。世世代代固守山沟的人们,终于杀出了一条血路,闯出了在深山沟里怎么也找不到、却能给深山沟带来新貌的创业之路,虽然这条路同样布满荆棘,充满了艰难险阻,毕竟是山里人眼下的希望所在啊。

斗转星移,如今的抱子石景致也发生了变化。就在修水河出县境的不远处,一座水电站建了起来。一道大坝把河水拦腰截断,使河面上升了十几米,河水再也不是那么眷恋地旋转了,而是异常平静地缓缓流动,显得那么从容那么宽怀。抱子娘娘还是怀抱幼儿,高高地坐在山头上,眺望着远方,只是那眼神似乎变了,变得安详,变得坦然,变得充满柔情,充满期冀。那幼儿呢,似乎在娘的怀里幸福地进入梦乡。

(朱法元)

清水崖游记

秋天,是收获希望的季节。我与同事结伴重游了家乡清水崖溶洞,难得身心闲暇的片刻。汽车环绕在修江河畔的婆桃公路上,秋色美景一览无遗,尽收眼底。我们久居喧嚣的城区,犹如困扰在无声无息的天际,定格在那纷繁杂乱无奈的交叉线上,能够放松心情去感受家乡大自然令我们分外愉悦。我们一路谈笑风生,早已忘却了世界,也忘却了自我,沉浸在那神情的欢快之中。车上的同事与小朋友们也打成一片,两位上了年纪的大哥大嫂,也仿佛回到了久违的童年。

踏上清水崖路径,尽管游人如织,我还是嗅到了大自然的芬芳。一群群孩子叽叽喳喳,欢呼雀跃,与这空阔的山下格外衬托着协调,平添了一道靓丽的风景线。

这里的山是独特的,这里的景致是灵动的,这里的溶洞是秀雅动感的。溶洞不仅悬挂在山腹之中,更有让人望而敬畏的美妙。或一峰独秀,在丛林峻岭之中去搜寻她的美艳,更多的是成三山呼应,层出不穷,令人心驰神往、流连忘返。

溶洞观音莲座砥水,阴河水响得叫人心潮澎湃,恰如浩瀚烟海别有洞天之感,形成天人合一之势,使人豁然开朗;洞天窥视憨态可亲,使人忍俊不禁;观音盘月,令人浮想联翩……

依山傍水,山环水绕。山的伟岸、水的温柔,是清水崖最真实的写照。洞腹阴河水响,不逊修河暴涨时的野性十足,更有西湖静水温馨缠绵的一种灵动性、温柔性的美,时而如涓涓细流,温文尔雅,时而飞瀑直下,让人灵魂激荡。它犹如温情可爱的小天使,热吻你我,如痴如醉,让你不胜欣喜,它领着热情你我欢快轻松地拾级而上,直至洞口,自豪地站在溶洞一侧正视,举目四望。碧流水瀑,绿柳花红,让人仿佛置身于一幅绚丽的画卷中。那流淌清澈的山泉贯穿山腹,崖山的画面犹如悠悠飘浮的白云……

清水岩观音殿　冷伍敏摄

　　溶洞的秀美让人心潮澎湃。侧耳细听,仿佛又听到了从天籁中传来的窃窃私语,亲切悦耳,如春风拂面,舒心倍至。再看那耸入云端的山巅,壮观雄伟,也许是天意的奇特凑合吧。苍天不想让天地浑然一体,让游人明白:天,那么高;地,那么厚;而人世间的是非恩怨,在大自然中是那么的微不足道。

　　诚然,游览至此,我们早已顿悟了。工作的繁忙,心情的郁闷……一切烦恼之事早已云烟飘散,沉积了很久的愁和苦、爱和恨也早已让大自然给净化了,心情也彻底开怀。我们尽情地谈笑,忘情地感受,肆无忌惮地放声歌唱,将愉悦的心灵放飞在大自然中。

　　不知不觉,夕阳西下。告别了清水崖,我们带回满腹的对大自然神奇的感叹和深情的记忆,在一路月色中蹒跚在夜幕之中……

（刘继寿）

汨 水 之 源

一

故乡使我骄傲的地方真的很多,比如小地名叫"水源",就足可教我炫耀一辈子。

水源之意即水的源头,本无惊奇之处,可这条流经我家门前的小溪,虽然其貌不扬,却蕴含着巨大的文化价值,因为它乃是汨水之源。

汨水发源于幕阜山脉中段的黄龙山下,那些清澈的小水珠儿,在绿树掩映的山泉里蹦蹦跳跳,哼着小曲,吹着口哨,召唤着小伙伴,结成队伍,径朝西去。在湖南平江境内,又携起来自古罗子国的罗水之手,浩浩荡荡,奔向洞庭湖。于是就有了著名的汨罗江,有了屈子投江、杜甫归葬的千古绝唱,有了道不尽的动人故事。

幕阜山脉

我曾有感这奇山异水,自撰一联,道是:

脚踏三省腹藏三教一山分三水;

屈吟九歌杜咏九韵两圣归九黎。

上联讲的是黄龙山。黄龙山雄踞幕阜山脉中段,正是湘鄂赣三省边境,站在山脊的分界线上,一脚踏住了三省土地;山的分水岭恰好分出三条江河,分别为注入洞庭湖的汨水、注入鄱阳湖的修水、注入长江的隽水;山中自古高人云集,才子纷至,最显赫的就是儒释道三教齐集,兴旺时各类书院、寺庙、道观多达100余座。下联讲的就是汨罗江。江虽不大,却有两个文学圣人在此安息,杜甫在江之头,屈原在江之尾。因幕阜山区为古三苗九黎地区,"黎"又代指黎民百姓,两位先贤都是忧国忧民的诗人,最终也都魂归九黎,回到了人民群众之中。

有一个千古悬案,在故乡流传甚久,听说还引起了江西省政协领导的重视,开设课题组织进行了调研。这个悬案就是:屈原究竟是从哪里跳入汨罗江的?有传说是在修水县的水源乡,即汨水源头。也有人说,他从一个水急流深名叫"蟒洞"的地方抱石跳水,尸体直漂到平江县以下江面才被发现,但因时间太久,已无法打捞,沿河百姓便只好包粽子丢于河内、划龙舟搞出动静,以便引开鱼虾。

我想这个说法不一定就是天方夜谭。屈原流放之地乃是楚国的边陲,我的故乡幕阜山区一线,应是楚国最边上的了,所谓"吴头楚尾",其接壤之处正是此地。湘赣边的修水、平江一带,又是屈原宗族芈氏的发源地罗子国,把他放逐到这里极有可能。汨水源头山深林密,地处偏远,神秘莫测,一个心忧天下力难回天的被流放的重臣,在这种地方产生绝望轻生的念头很符合情理。

蟒洞处在崇山峻岭之中的一条山涧中段,两边悬崖峭壁,中间一条溪流,从上游看去平平缓缓,到水流尽头,才轰然跌出一道瀑布,瀑布下面是一个大潭,人称"蟒洞",光这个名称就很吓人了。这洞里的水不知有多深,潭水转着漩涡,撞破山崖,从洞口涌出,刻下许多惊心动魄的景观。

蟒与龙蛇同类,于是人们就认为这里是龙王爷的居所,也有说是孽龙洞府的。山里人甚至津津有味地传颂着,说这泉神可真神,穷人家办红白喜事,能到这里"借"到碗筷瓢盘,还绘声绘色说都是金银制品,光灿耀目,人间鲜见,而心眼不好的就借不到,若是有贪心,借而不还或少还,那就要染病遭灾,不得安宁。甚至有名有姓地传出某某人曾经藏匿了一只金杯一双银筷,病得死去活来,久医无效,最后还是请道士做了三天三夜道场,化了好多纸钱,归还原物,方才脱了一难。人们每每谈及,都会露出一副煞有其事的神情,无不充满敬畏。

我总是以为,一个地方风俗的好坏,不能以虚实来衡量,而要以有益或有害来区分。凡是出于善意、可用来教化民众的,都是好的,都不仅不能否定,还要大力弘扬,以多种形式加以推广。

有考古学家断言,屈子祠应建在水源。在离水源不远的一个叫东皋的地方,至今还有纪念屈原女儿的一圣仙娘庙。一圣仙娘,就是屈原之女纬英。相传,屈原生有五女,长女纬英常常为百姓遣除灾凶,治疗疾病,解救痛苦,深得当地百姓爱戴。也许是随父流放来到这里,到了"女大当嫁"的年龄,与一冷姓男子结为夫妻了吧,反正后来被当地冷氏家族奉为家神,不仅修建了一圣仙娘寺庙,还始创了一圣仙娘花灯,以此纪念屈原父女。至今该庙香火异常旺盛,许多善男信女到此焚香点烛,化符奉水,祈求消灾治病。一圣仙娘花灯也成为颇具特色的传统文艺形式,在当地流传开来。

而汨水源头的那个莽洞,现已辟为旅游热门项目——漂流。这里的漂流,因了屈原悬案的故事,增添了神秘色彩。且又处在深山峡谷,水大流急,百转千回,险象环生,充满了冒险性、挑战性。又因是独一无二的"一漂跨两省"——从江西下水到湖南上岸,更引起了人们的极大兴趣。每年夏天一到,前来探险探秘漂流的游客络绎不绝。

二

站在山岭上环望水源,我总有许多疑问。这里虽是偏远山区,蛮荒之地,古时却出了一个大名人,他就是南宋的才子、兵部尚书戴石屏。当然时过境迁,如今水源戴氏一族已无踪迹,全换成了朱、卢、王、陈等族了,每年清明来祭祖的,都是来自远方的戴氏后裔。但戴石屏遗留下的人文景观却千年不朽,至今光彩照人。

从鸣水洞进入水源,最先呈现的是"贡门",我未曾考证,不知为何叫这个地名,我只知道古代有"贡院"一说,那是乡试、会试的场所,是开科取士的地方,应与此无关。或许寓意"进入贡院之门",寄托了戴石屏一个愿望,期待水源儿女走出山去都能进入贡院,考取功名。过了贡门,便是"绣花墩",传说是戴石屏的千金小姐绣花之所,环绕绣花墩的是一个大花园。现在这里所在的村,就叫绣墩村。往里走约二里地,便到了戴家大庄园,过去叫什么无从考据,现在这座大屋叫圣学屋。圣学乃圣贤之学,可见其文化底蕴之深厚。圣学屋的东、西两边,是戴家的两个大花园,园中遍植花果,间掘荷塘,亭台隐现,流水潺潺,亦是两处绝好风景。

戴复古有诗曰:

乳鸭池塘水浅深,熟梅天气半阴晴。

东园载酒西园醉,摘尽枇杷一树金。

如今在乳鸭塘流连、到东西花园顾盼，总会情不自禁地吟咏这首绝唱，缅怀远去的先贤。

戴家大屋对面的山沟里，有山泉弯绕而出，近山口处，形成一小潭。小潭两边山峰高耸，古木参天。小潭周围是光滑的石头，造型各异，错落有致，分布上下，甚为幽秘。这里为"水源八景"之一，名叫"九曲池"。小时候我们进山砍柴，总在这里歇脚。累了，坐在石板上，任清风拂面；渴了，鞠一捧池中水，享甘泉润心。只可惜后来在这里修建了一座水库，把一处风景埋入了地下。所幸的是水库之上，那座戴石屏墓尚未被淹，安好无损地坐卧在灌木丛中，俯视着水源的沧桑变化。

三

作为一个背井离乡的游子，几十年来我不断在念叨着故乡，因为我的故乡委实太偏僻，偏僻得令人窒息，地上地下又无资源，所以一直发展不起来。记得我离开的时候，走到山口，曾转身回眸，对着那个山坳深情一瞥，那一瞥里，既有自己终于逃离苦难之地的庆幸，更有对穷乡僻壤难以致富的无奈。从军从政数十年，我回乡探亲从未在乡政府吃过一回饭，这倒不是我有多廉洁，更多的是不愿进那栋二层楼的旧房子,一见就伤感。因为我当兵出去时,就是在那里吃送兵饭的。四十多年了,那房子早已破败不堪,当地却没有能力新建,直到前几年才勉强盖了新楼。我曾经对那位小个子书记熊剑旺刮目相看,尽管他当时为此背了几十万的债务,可毕竟在他手上做了件大事,说明山乡还是有发展的,给山里人点燃了希望。

去年回乡时,熊书记已调走,接任的是一个年轻人,名叫胡阳,小伙子很精干,说话快言快语,办事雷厉风行。与他搭档的还有一个女乡长,名叫邵艳艳,是从湖北考公务员过来的,楚女风范,秀外慧中,青春靓丽,楚楚动人。两人都在水源乡工作多年,对这里的一山一水、一草一木都充满了深情。胡阳说,眼看着山外面风起云涌势不可挡,水源人只有羡慕、着急,自叹弗如。现在,水源的机遇来了,在它的西面,湖南平江的石牛寨景区已成气候,游客纷至沓来,每年旅游收入已过亿元。北面是黄龙山景区,山顶风景连同山下的黄龙寺、泰清温泉,正在形成一个整体开发态势。水源正好承接这两头,通过打造自身独特的景点,让两头的游客延伸到水源,打开三省旅游通道。水源乡已经确立了以文化带旅游、以旅游促乡村振兴的思路,做出了规划,有的项目已付诸实施。他说他在水源定要有所作为。看到他那异常坚毅的眼神,我似乎看到了水源的光明前景。

机遇往往很会捉弄人,在一些地方,看似条件充裕,却没有机会发展;而在另一些地方,眼看山穷水尽无路可行,发展的机遇却不期而至。和许多山区一样,水源以前藏在深山,跳不出贫困,看不到出路,随着交通、信息的发达,随着旅游热的兴起,随着"乡村振兴"步伐的加快,如今大好机遇终于不期而至了。我想,胡阳他们为官一任,如能为当地的发展、群众的致富开辟出一条新路,那真是功德无量的大好事、大作为。

新的乡政府落成后,熊剑旺、胡阳他们多次邀请我去看看,到食堂里吃一餐饭,我想待到下次回乡省亲时,一定要挺直腰杆,绽开笑容,骄傲地进去吃顿饭——实现四十多年的一个梦想。

（朱法元）

桃 里 风 水

桃里——一个多么美妙的地名！

这里曾经种植过很多桃树？或是哪位先贤期盼此地人才辈出？抑或是流传过类似王母娘娘蟠桃会上哪位神仙丢了一颗桃核在此，致使这里出产一种鲜美无比的桃子而名扬四海的传说？我都没有考证过。但桃里在我心里总是如此圣洁，如此高雅，如此令人神往。

去桃里的路不大好走。汽车出了修水县城，喘着粗气爬过一道又一道山梁，才见到一个依山而建的小集镇。镇子不大，风景却很优美。黛色的山峦犹如舞动的裙裾，将村舍捧起；满山的青松翠竹，就像一幅厚重的水墨画图。一条小溪弯弯曲曲穿镇而过，低吟着优雅的山歌。青山绿水间，是错落有致的山里人家，间有几栋公建楼房，初现小街模样。陪同的友人告诉我，这里原是一个乡所在地，后来乡镇撤并，桃里归城关边上的宁州镇管辖，这里也就显得冷落凄清了。

穿过集镇，再翻越两座山头，便是桃里竹墩的陈家大屋。

桃里之美,美在山水;桃里之名,名在陈家大屋。

我下了车,以极为崇敬的目光注视着这栋号为"凤竹堂"的苍老屋宇,脑子里顿时幻觉出几位先人步出宅门,他们是封疆大吏陈宝箴、同光体诗派领袖陈三立、中国漫画鼻祖陈衡恪、被海内外学者公认为一代宗师的学界楷模陈寅恪……

驻足门前,我百思不得其解。环视四周,但见群山簇拥,小溪潺潺,梯田遍布,阡陌纵横。一眼望去,此地真的看不出什么特别的风水来。一方随处可见的景色,一个江南极为普通的山窝,怎么就诞生了这么多的巨人呢?尤其是学贯东西、名扬四海的陈寅恪,竟然根植于此,脉起于斯,教人不得不慨叹天地之造化,山水之神奇。

有幸成为先贤的乡党,自是我的荣耀。以前虽也到处炫耀,但经历两件事后,我对陈寅恪先生的尊崇就远不能以"高山仰止"喻之了。

一次是我陪同宗亲、著名文学评论家朱向前先生参观陈家大屋。其时向前兄刚从解放军艺术学院常务副院长的位子上退下来,无官一身轻,正是人生最佳的挥洒自如阶段。他知道我是修水人,说想要我陪他去拜谒一次陈寅恪故里,于是我们便在一个风和日丽的春天来到了桃里。向前兄本是文化名家,对陈氏先贤的尊崇是不用说的,但他的敬重程度之深、态度之虔诚,还是大大出乎我的意料。站在屋前,向前兄竟有好一阵子挪不开脚步,他先是对着大屋恭恭敬敬三鞠躬,然后久久地行注目礼,口里不断地念叨着,说:"先贤、先贤,我终于来了,后学晚来致敬,有愧有愧!"一时把我搞得目瞪口呆。后来他说碍于军人身份,要不然他真想行三叩九拜的大礼,方能略表敬意。

另一次是在英国牛津。因高级编辑培训的需要,我代表江西出版集团,与英国出版科技集团谈判合作开办牛津大学培训班事宜。英国出版科技集团首席执行官迈克尔·凯恩斯是个英俊高大、彬彬有礼的年轻人,毕业于牛津大学,获得博士学位。谈判当然非常顺利,主人还安排了共进午餐。正事完毕,我们便闲谈起来,迈克尔问我是中国哪里人,我说是江西修水人,他当然一头雾水,难以辨明方位。我灵机一动,道出一个曾在牛津、剑桥留过学的名人来,说就是陈寅恪的故乡。迈克尔顿时瞪大了眼睛,迅速起立,握着我的手,激动地说:了不起,令人向往的地方！我这才知道,原来陈寅恪在海外的声望如此之大。

从此,这位伟大的乡贤,在我心中,就如天上的星辰那么耀眼、那么璀璨了。

陈家大屋说是"大屋",其实并不大。它背山面水,坐北朝南,两进两出,上下两堂。青砖瓦舍,马墙高耸,均为徽派风格。西边为老屋,系陈寅恪的先祖腾远公所建,后来陈三立中了进士,又在东边接檐盖了一幢。由于年久失修,整座屋宇已在风雨飘摇、岌岌可危中度过了两百年,后来经县、乡两级的努力和省市各方支援下,才挽危房于将倒,保住了珍贵的原貌。而屋前地场上那两个为进士、举人得中而建的"旗杆石",至今仍透露出昔日的无限风光。

仰望"凤竹堂"牌匾,心中满是对腾远公的敬意。陈腾远名号鲲池,《庄子·逍遥游》中有云:"穷发之北有冥海者,天池也。有鱼焉,其广数千里,未有知其修者,其名为鲲。"他起此名,似乎预示了陈氏分宁一支必能飞出鲲鹏。果然,早在创业之初,陈腾远就胸怀大志,高瞻远瞩,对子孙们说,凤凰非梧桐不栖,非竹实不食。凤有仁德之征,竹有君子之节,子孙们一定要仰凤凰之高风,慕劲竹之亮节,这样才能达到"立仁德之志,操君子之节"。

此后,分宁陈氏从腾远以降,历克绳、伟琳三代,一直秉承"立仁德之志,操君子之节""重信义、轻财贿"的信条,坚持"用孝义化服乡里",谨守"成德起自困窘,败身多因得志"的训诫,做到"生平为学不求仕与名,独慷慨怀经世志""学问识解,惟取其上",可谓是励精图治,用心良苦,后来便有陈宝箴、陈三立、陈衡恪、陈寅恪、陈封怀等精英翩然出世,名倾天下。

进得大门,我站在天井里,抬头便望见了屋背山上的那座坟茔。那是陈克绳老先生特意选中的安息地点。这山虽不高,却特陡峭,古木丛生,岩石突兀,极难攀爬上去。墓地雄踞山腰,恰好直视天井。据说老先生临终有言,说是要躺在这里,亲眼看见子孙后代的作为,期待陈氏一脉兴旺发达。

陈老先生有此心愿毫不为奇,因为这份家业委实来之不易!

1730年的一天,一位年轻人拖家带小,迈着疲惫的步伐,从遥远的福建上杭来到了桃里。陈腾远家族,最早应属于江西德安义门陈一支,奉旨遣散到福建的,为客家人族群。许是不服水土还是别的原因,数百年后,陈氏后裔总是有些由南往北回流。我对古人的毅力与韧劲真的敬佩之至。桃里地处幕阜山深处,山势险峻,路途遥远,他们离开福建后,已经翻越了武夷山脉,经历了许多艰难险阻,一定是走遍赣抚平原皆无他们的立锥之地,才又进入幕阜山脉,寻求一方水土安身立命。屈指数来,这一趟迁徙,路程已逾千里,想来是何等悲壮的旅程!就是到了修水山区,也并非随处可结庐安家,还得翻山越岭,直寻到竹塅这个巴掌大的地方,已是山高地窄、无人问津之所了。

千里迢迢,举目无亲,陈腾远在桃里没有田土,不能耕种庄稼,于是只能在荒山上种蓝草为生。那时与修水交界的湖北通山县,是个广种棉麻、纺纱织布的地方,正需要蓝草这种染料浸染布匹,于是在两省边界便形成了一个特殊的加工和交易市场。久而久之,这里的布匹以其质量上乘、染色美观、"布甲天下"的特点,名扬山里山外,"布甲"这个地名也就应运而生。每到秋后,陈腾远就把晒干的蓝草挑去布甲贩卖,虽说汗珠子摔八瓣,是个苦力活,收入倒比种田强了几倍。于是到了1792年,在陈腾远年届耄耋之时,终于告别了茅庵草舍,由第二代陈克绳掌门,建起了"凤竹堂"。陈克绳不仅艰苦创业,勤俭治家,逐渐把家业打理得井井有条,而且还做了一件具有长远目光的大事,在乡里捐资办学,建起了"仙源书院",把子孙送进书院攻读诗史。从此,分宁(修水)陈家便打下了

"晴耕雨读、诗书传家"的坚实基础,逐渐演化成中国历史上罕见的文化大家族。

　　说及分宁陈氏一门精英,学术界总是肃然起敬、无比景仰。人们尊重的是他们正直的人品、创新的思想、出色的才华、传世的业绩。是的,这些他们都当之无愧。而我更惊叹敬佩的,是他们那种桀骜不驯、特立独行的精神。且不说陈宝箴以推行新政、支持变法为己任,至死不屈;也不说陈三立看破世缘,誓不入仕,一心追逐"破荒日月光初大,独立精神世所尊"的境界;还不说陈衡恪独破传统,顶了骂名,大胆把漫画引进中国的勇气。单就陈寅恪而言,应该说已把这种精神推上了顶峰。他12岁东渡日本留学,此后转辗欧美达23年,精通20余种语言,在语言学、史学、佛学、文学等领域都有极高的造诣,可以说其学术架构宏远、博大精深、学贯东西。然而他却没有获得过一个学位!不是他拿不到,而是他把类似学位的东西看得太轻。每到一地,学完应学知识即走,从不因虚浮的东西浪费时间。他说过:"浪费时间就是浪费生命,岂能为了学位而浪费生命?"1925年,当吴宓先生举荐他为清华国学研究院教授时,校方一时举棋不定,与时任导师的王国维、梁启超、赵元任相比,陈寅恪既没有显赫的声望,又没有可供证明的学位。可清华还是清华,并没有因噎废食,而是从实际出发,注重真才实学,决定引进来试一试。果然不到半年,他讲课就总是"教室太小",听众中教授多于学生,陈寅恪赢得了"教授的教授"的美誉。他说他授课坚持"四不讲":前人讲过的不讲;近人讲过的不讲;外国人讲过的不讲;自己过去讲过的也不讲。试问这个"牛",古今中外有几人吹得起? 这种精益求精的治学精神、独立自主的学术品格,又有几人具备? 自那以后,陈寅恪荣膺清华大学"四大导师"之列,他"教授的教授"的名声不胫而走,传遍全中国乃至欧美学界。

陈寅恪为世人折服的,当然不仅是他的学识,支撑他的鼎鼎名望的,除了名校课堂上的如磬声音,还有力透纸背的似珠文字。在他命途坎坷的一生中,先后著述了《隋唐制度渊源略论稿》《唐代政治史述论稿》以及大量的顶级论著论文,初步建立起自己宏远的史学学术架构。就是在十年动乱的年代,在他双目逐渐失明、身体每况愈下的情况下,他还先后撰写了长篇宏论《论再生缘》和八十万字的《柳如是别传》,如今这些都已成为国学宝库中的瑰宝。真正令文人醍醐灌顶、教士子惭愧汗颜的,是他做人的原则。这就是"不自由,毋宁死"! 虽然他因此失去了很多著书立说的机会,特别是他的《中国通史》的宏伟设想无法实现,但他仍初心不改,一意孤行。这个始终支撑着他的灵魂的原则,就是"独立之精神,自由之思想"!

时光退回百年前的北京。清华园内一片肃穆,国学院导师王国维的入殓仪式正在举行。曹云祥校长、梅贻琦教务长和吴宓、梁启超、梁漱溟等教授缓步而至,低头弯腰,鞠躬致哀。不一会儿,只见陈寅恪教授身穿玄色长衫,脚蹬千层布鞋,迈着沉重步伐,来到灵前。稍停片刻,他缓缓撩起长衫下摆,双膝跪地,双手前撑,重重地叩下三个响头。这一三叩首,顿时如三声雷鸣,震荡清华学府,滚过京城上空;又如一阵狂风,席卷师生心海,久久不能平静。

两年后,一篇惊世骇俗的悼文在陈寅恪手下横空出世:

士之读书治学,盖将以脱心志于俗谛之桎梏,真理因得以发扬。思想而不自由,毋宁死耳。斯古今仁圣所同殉之精义,夫岂庸鄙之敢望? 先生以一死见其独立自由之意志,非所论于一人之恩怨,一姓之兴亡。呜呼! 树兹石于讲舍,系哀思而不忘;表哲人之奇节,诉真宰之茫茫。来世不可知者也,先生之著述,或有时而不彰;先生之学说,或有时而可商。惟此独立之精神,自由之思想,历千万祀,与天壤而同久,共三光而永光。

学者易中天说:"选择了独立自由,就只能走一条孤寂的道路。"夏中义认为:"当你不思依傍权力,则权力所支配的种种恩惠也就不再赐你,而其控制的诸多不便或不幸倒可能如鬼魂缠你。"想世间文人士子,有多少是在为一己之名利,不惜弯腰叩头的?而能够"脱心志于俗谛之桎梏",使"真理因得以发扬"者,何其鲜见也?可见尊崇独立自由的精神,说说容易,要想真正实行,并不是一件易事,是要以舍生赴死的气概,顶得住压力、守得住清贫、耐得住寂寞的。陈寅恪的那一拜,其实是向独立自由之真理的一拜,是敬仰为真理献身者的一拜,也是他自己郑重宣布甘愿毕生为之奋斗的一拜。此后在漫长的一生里,他拒绝了个人名利的诸多诱惑,长期甘于孤寂落寞,用他"顶得住、守得住、耐得住"的心志,谱写了一曲独立自由的人格壮歌。

伟人之所以伟大,就因为具有常人难以企及的高尚人格!

中国的知识分子,古代称为"士"的,究竟有多少人具备这种人格?我不得而知,但纵览古今,应可圈可点。从孔子的"士可杀不可辱",到陶渊明的"不为五斗米折腰";从无数革命先烈之死难,到许多仁人志士之死节,足可令封建专制者们汗颜了。就在离桃里不远的修水另一个地方,就曾出过因不苟同于朝廷政策而屡遭贬谪的黄庭坚,只落得满腹诗书付于山野,一身正气老死边陲。应该说,具有这种人格者,的确是有才不能用,有功不能建,令人扼腕叹息。但更可悲的是,一个社会,一个国家,倘若多了这种人的产生,那就是埋没人才,舍弃精英,造成黄钟毁弃、瓦釜雷鸣的局面。一如陈寅恪的满腹经纶,有人说是装了一肚子,只倒出万分之一;也有人说是东边的太阳只露了下脸就没了;还有人说若他放开了干,可与郭沫若分庭抗礼,甚或超越其上也未可知。现在回过头看,无论于国于民,都是莫大的损失!

事物总是有其两面性,一种高尚的人格,却又暗示着一种社会的悲哀。这不能不引起我们的深思和关注。

与许多名人故居一样,陈家大屋也是今非昔比,焕然一新。现如今经济发达了,搞钱容易了,随着"旅游文化"的兴起,这些地方打造成了旅游景区。远在进入桃里的大路口上,就有一个大转盘,中间是一本斜立着的《辞海》造型,取意陈氏一家有四位编进了《辞海》,多于苏氏父子三人,名列《辞海》之最。进入竹墈后,沿途有四觉草堂、义学里、陈氏陵园(陈宝箴墓)等,分布在数公里之间。这里还在建设陈氏文化纪念园、五彩梯田,实施周边环境景观提升、河道治理等工程。据说为纪念我国植物园之父陈封怀,此处还要特意建设一个小型植物园。整个景区规划面积为 209 公顷,投资规模近亿元,真是恢宏壮观、气势非凡。不过那些新造的景点还是引不起我的兴趣,无非吸引游客,设法留住开展"一日游、两日游"之类的项目罢了。真正有价值的还是原址原物,比如那座陈家大屋,还有湖南凤凰的陈宝箴官邸,广州的陈寅恪旧居,江西庐山的松门别墅、陈寅恪墓,等等。这些旧居、旧址,就如颗颗珍珠,散落在全国各地,理应用一根银线串联起来,以融媒体方式呈现于世,使其历史文化的价值发挥到极致,才是正理。

站在陈家大屋门前,友人指点着告诉我说,你看这些山岭,风水上叫"九龙捧珠",九龙是指前方、左右的九座山梁,那珠就是陈家大屋后面的山包了。我左看右看,却看不出机关,也许是肉眼凡胎不识天机吧。倒是那层层重叠的山岭,和那山岭间的田垄小溪,确实勾画出了一幅无比美妙的图景,教人联想起伟人毛泽东的一句诗来:

陶令不知何处去,桃花源里可耕田?

(朱法元)

水 上 绝 句

　　梭子一样的铁皮船，浅色栏杆，朴素的桥面、缆绳，以及在水底沉睡的锚，它们组合在一起，就成了一座浮桥。

　　这样的一座桥，让我凭空生出了许多想象。

秋湖里大桥

　　那都是同女人有关的，缥缈的，虚拟的，一些已经逝去的幻象。那些船只都是女人丢失的梭子。它让我想象一个同梭子有关的女人，正端坐在某个临水的窗口。那是秋日的午后，我行走在桥上，被流水、风和阳光所包围，被温暖、感动和幸福所包围。我偶尔一回首，就看见了她流水一样的目光，流水一样的发丝，以及流水一样的手势。她坐在那儿。浅色栏杆就像疏朗的篱笆，一些绿在它的下面安静着，一些红在它的上面微笑着。我眨一眨眼睛，她就不见了。同时消失的还有环绕的篱笆，一些红与绿的风景。它们好像约定了一样，在同一个瞬间突然全部消失。风一样无影无踪，只在泛绿的水面上留下一些细密的脚印。那些脚印一直走向了水的深处。

　　往后，一个人在桥上行走的时候，我便不再回首了。我不想那些消失过一次的景象，重新消失一次。我情愿守着第一次回首的那种感觉，缓缓地，走过一座桥，走过一条生命中的河流。

　　再往后，我更改了在桥上行走的时间，在黄昏或者子夜的时候，在阑珊的灯火里，一次又一次，一个人，靠在浅色的栏杆上，或者从一只铁皮船抵达另一只铁皮船。那时候我是安静的，河水是安静的，远处的窗也是安静的。一条鱼在睡梦中翻了一个身，搅起了一片水的声音。尔后，声音慢慢消散，一条河又彻底平静了。

修河晚霞

　　很多次，行走在桥中央的时候，我会听到另一种足音，浅浅的，像雨滴一样落在身后的桥面上。如果我不停下来，或者不折回去，它就会一直尾随着我，从桥的一端走向另一端，直到我上了岸，它才恋恋不舍地离去。我听见它顺着来时的方向，一步一步，散入风中。那样的声音，那样的节律，应该是一个女人才有的。我疑心就是那个同梭子有关的女人，那个坐在篱笆墙内的女人。我不止一次这样想着，但我始终没有回头，或许只要我转过身，就会看见她的背影，一个发丝如流水一样的女人，正轻轻浅浅地在浮桥上走动。

夕照修河

　　有时走得累了，我会寻找一个船头，背靠栏杆坐下来。这样的时候往往是夜色苍茫的时刻。我坐在黑暗里，不说话，也不思考，好像我本来就是长在船头的一块铁疙瘩。而且能够让我落座的一定是生满红锈的船头。我坐在它的上面，看着红锈加厚，脱落，最终船只会离水而去。这一回，我没有听见那个女人的足音，也许她并不知晓我坐的地方。这地方水色深幽，连风也镀上了一层厚厚的红锈。我的想象像鱼儿一样跳出了水面。我幻想那个同梭子有关的女人，此刻正坐在临水的窗口，向着我的方向眺望。或许她看见了我，或许她什么也没有发现。

　　偶尔我也喜欢在风起云涌的时候光临浮桥。那样的时刻，一个人的行走也像船只一样，起伏，跳跃，有了女人一样的轻盈。我在想，那个女人一定有着修长的身子，修长的腿。她像舞蹈一样在浮桥上漫步。我眨一眨眼，想将她看得更仔细一点，她忽然就不见了。那双修长的腿在风中一闪，就隐入了无限的水色背后，永远消失了。

　　这样的浮桥，在我滨水而居的小城有四座，四座浮桥就像一首七言绝句，漂浮在一条名叫修水的河流上。

　　那么，我怀想的那个女人，那个与梭子有关的女人，她一定是从绝句里走出来的，走到了这条河流之上，走到了这座浮桥之上。我吟诵绝句的时候，她握着梭子，藏在某个字里行间，用她流水一样的目光注视着我。她的注视让我的吟诵像流水一样流畅。

我的想象也在吟诵中走向了久远的绝句。

静美修河

我虚构了一座藏在绝句里的浮桥。那像梭子一样的木船，沉静，斑驳，就像一个久经风霜的汉子。他仰卧在水波之上，一动不动。他的面容黢黑，胡须泛绿。甚至连螺，以及另一些不知名的水生动物，像果实一样在他的身体上结满了。他在等待那个从绝句里走出来的女人。他看着她，穿过低矮的篱笆，穿过岸边的垂柳，一步一步，走近了他的身边。她纤细的足落在他的胸口上，像是怕踩痛了他似的，轻得没有了一丝重量。

我甚至看见了沉在水底的铁锚——那个汉子的手掌，深入了河底的淤泥。

他舒展的双臂攥紧了岸边的垂柳。

那种时候，绝对是绝句里的景象，月色朦胧，水波不兴。一个长发及腰的女人，静静地走过了一条河流。

同铁质浮桥相比，我更喜欢木质浮桥的沧桑、破败，包括断裂的栏杆，以及船帮的青苔。也许它们曾经真实存在着，但现在我只能依靠想象来完成。那些已逝的斑驳，那些破碎的平静，让我绝望而又悲伤。它们是流淌在骨头里的痛，结满了红锈一样的厚痂。唯一给我安慰的是，这种红锈慢慢在铁皮船上凝结，增厚，时间久了，就有了另一种颜色的沧桑。

　　我还幻想过一些与浮桥有关的声音,如月光下的竹笛声,船头的箫声。那些听得见的和听不见的声音,它们都远去了,散逸了。只能偶尔在水面的漩涡里,依稀辨出那么一个两个脚印,也许那里曾是吹箫人站立的地方。箫声就是从那里出发的。

　　某个冬夜,我独自来到了浮桥之上。我疑心自己进入了一个幻想的场景。飘落的雪就像涌动的水,慢慢将我覆盖。远处的灯火也有了一层朦胧的白。我的脚落在雪地上,同雪落在水面上没有什么区别。它们一样无声无息,一样幽深莫测。

修河乌篷船　童恢满摄

　　那样的雪让我产生了另一种错觉。我记起了夏天的某个片段。一个女孩选择在浮桥上结束了自己的生命。她像雪花一样飘离了桥面,将自己交给了浮桥之下的那条河流。她重新回到桥上是在另一个下午。她仰脸躺在一只船头,脸色有如这静夜的雪。她的发梢还在水里,像鱼尾一样鲜活。

　　那个夜晚,我终于没能走入河流的中央,因为浮桥被拆除了,一座桥彻底断开了。

　　其中一座浮桥架起来之前,那儿是一个渡口。白杨,荒草,倾斜的堤岸,它们一起诱惑着我。我上船,下船,乐此不疲,似乎永远没有到达彼岸。更多的时候我是坐在船上,静静地看看水,静静地看看天。那样的时刻,我总感觉到有一个人,一个发丝如流水的女人,在船头迎风而立,衣袂飘飘。有时我是站在岸边,目送她离了岸又上了岸。我能看见的永远只是一个背影。

修河里的国宝——中华秋沙鸭

那样的一只渡船并不是我能想象的。我至今记得那窄窄的柔软的跳板,那积了水的船舱,那乌黑的竹篷,长长的篙,以及角落里那把快要散架的竹椅。我在上面坐过,在我之前,也许那个发丝如流水的女人也在上面端坐过。我坐在那儿,面沉如水,目光凄迷。

后来,在一个黄昏,那只渡船静静离了岸,往下游漂去了。那个摆渡的老头,操起篙,在岸边一块青石上一点,那船就荡开了。老头收了篙,将它横在了船尾。那篙在船板上滚动了一下,很快又停住了。我再次抬头的时候,突然发现那个同梭子有关的女人,她正立在船头上,她的长发如水草一样飘荡,生意盎然。不过这个时间转瞬即逝,她的背影很快没入了暮色之中。

只留下我一个人,还守在今天的浮桥之上。

（樊健军）

上 天 之 奉

上 天 之 奉

上奉，一颗镶嵌在修（水）、铜（鼓）、宜（丰）、奉（新）四县边陲的神奇明珠。它最令我沉迷的，不是跑马岭山背文化呈现的原始文明，也不是一波三折、宁将自己摔得粉碎也要来一次震撼的祥云瀑布，而是碧波万顷的水稻，它让一个人来自童年的饥饿与卑微，在冬天那碗白花花香喷喷的米饭面前悄然消失。

上奉　冷伍敏摄

从某种意义上来说，米的色彩就是上奉的色彩。它拥有珍珠的晶莹，白玉的脊梁，汗水的光芒。一粒粒白雪的大米，构成着上奉的艰辛和美好。

田畴间，父亲挥汗如雨，母亲伏身稻草中间。有个兄弟众多的孩子，总是梦想端坐大米的中央。白玉的大米，从指缝间缓缓滑下，犹如漏下的沙粒和光芒。孩子打开所有的怀兜，一捧一捧，幸福地收藏着大米的阳光。

水稻，一种果实生长于植株顶端，江南常见的粮食作物，以轻盈的姿态，舒展起伏。风过处，水稻像波浪一样，热烈地奔跑在江南广阔的田野上。唯有大地这只巨大的容器,才能盛装这些自由奔放的精灵。水稻成熟之时,用尽了黄金来装点。秋天,那列棋盘似的火车,满载烈焰,一不小心,就把一个季节灼伤。

米,上天之奉,大地之宠。

然而,米的生长实在是一条崎岖之路。翻耕、播种、插秧、耘田、收割、曝晒、春碾,这是米在人世间背负的苦役。它锻打着米的躯体和品质。米的灵魂,洁白而高贵。

手拉着手,无数的米粒,拉成呼喊和喧哗的河流。原野上,米和米奔涌着,寻找它们的前世和今生,寻找那个终生在大地上躬身书写的人。

大地上,那些消瘦的身体,那些透支的心脏,米,久久凝视着,沉默不语。

生命的延续,大地的伤痛,是什么让它们紧紧凝结在一起?

祖先的光芒

走进上奉湖山村,走进村中心盛大的张氏宗祠。

上奉镇湖山村全景　　*冷伍敏摄*

高高的神台上,长明灯耀眼,照见一排排发着幽光的黑漆祖宗牌位。这些肃穆齐整的祖宗牌位,让我相信,所谓祖先,其实就是一块黑漆金字的祖宗牌。众多的祖宗牌汇成一条亘古的河流,自远古呼啸而来。

当后人把散失的祖先从野地荒山请回来,在村寨中心筑殿、供奉、祭祀时,宗祠便成为一处庇护祖先的庙宇,成为祖先盛大的聚合和演出。

乌黑的神案前,大红油烛燃得正旺,火苗一蹿一蹿跳动着,映照着朱红的祖宗牌位。古旧的钵炉里,香火青烟缭绕,沿着神台上那幅"祖德源流远,宗功世泽长"的对联,爬上宗祠粗大的梁柱,慢慢飘向灰黑的屋瓦。借助烛火的映照,梦中曾多次出现的祖先的脸孔,纷纷在青烟中显现,那些模糊的影像似乎就立在了面前,不由得让人格外肃穆端庄起来。

在子孙后代的仰望中,祖先们,一个个放射着勤勉和德泽的光芒。

发黄的谱牒,古旧的绘像,连带早年那些口耳相传的故事,流传的,莫不是一个家族的迁徙与漂泊、梦想与荣光。多少辈人,背负家族的期望,从这里出发;多少年后,老迈的脚步,衰朽的躯体,却无法阻挡故土的召唤。一缕炊烟,一口古水井,一处老戏台子,日夜敲打着那根思乡的骨头。

乡愁,比泥土更软,比黑夜更漫长。

哪怕万里之遥,哪怕落魄潦倒,哪怕仅剩着一把骨头,也要回到故土家乡。

清明祭扫,冬至上谱,元日接灯……我们共有一种风俗与信仰。祭奠庆典,打躬作揖,面对列祖列宗的每一次下跪,越来越成为后代子孙命中注定的疼痛。

风雨兼程,整个家族奔走在同一条路上。

那里,密布着祖先的光芒。

人类的源头

坐在跑马岭一棵虬曲的古松下,我望了望周遭的人群。山坡上,一大群人正在用心寻觅宝物,那是五千年前,山背祖先遗留的石斧、石锛、石铲、石镞。跑马岭,一处位于赣西北长江支流修河岸畔的矮山坡,名不见经传,却有幸成为承载新石器时代长江流域山背文化的福地。

这时候,整个跑马岭屏息静气,听得见每个寻宝者那颗急切而慌乱的心跳。

一夜暴雨,天空洗得湛蓝。阳光银白,耀眼;远天,飘荡着几朵浮云。六月的跑马岭,铺展开满眼的青翠,起伏间,像极了一匹巨大的绿绸,在大地上舞动。

翠绿顺山坡披挂而下,汇聚碧绿的田畴、桑园,连缀起红墙黑瓦的村庄。村庄、山岭、沟谷、道路,全被广阔的绿包裹着,仿佛蓝天、大海都融在了这里。不用说,置身这浓酽酽的绿绸的中心,人会立马消融;即便仅挨着这绿色的边缘,你也会有一种被吸纳进去的恐惧。

夏日午后,村庄静悄悄的,犹如沉入了亘古的蛮荒。风,缓缓吹来,仿佛来自远古的那一声轻轻问候。绿树枝头,鸟鸣清脆,打破了村庄隐匿的宁静。细细分辨,会发现,田头地畔不紧不慢移动着荷锄的身影。黄土院墙,几株黄灿灿的向日葵把头低向了血红的太阳。光脚丫的孩童,醉卧风中的院门。嘴角,涎水流得老长,老长。

突然,村口那只守护了村庄快半个世纪,老得不能再老的老黑狗,朝跑马岭方向吠叫了一声,接着又吠叫了一声,显得那样意味深长。

远处,修河水不舍昼夜,浇灌三月的桑、九月的麻,把一个村庄喂养大。村庄的歌哭、欢舞,连同古老的乡风民俗,经由这些大地的血脉,绵延流淌。山坡那一边,高速公路横空而过,把不起眼的偏僻乡村与远方大都市串联起来。

五千年前,祖先在此刀耕火种。一扇生命的繁衍生息之门,就此打开。

五千年后,有人来此朝圣,找寻人类精神的源头;有人来此搜索宝物,搜索祖先精心打磨的那些锐利的石器。

时光隧道的镜面,今日使用的锄、斧、犁、耙,这些远比石器更为锋锐、更为坚韧的铁器,映照的,不正是祖先的智慧与光芒吗?

跑马岭,一盏驱散黑暗的灯盏,至今闪耀着人类最初的光芒。

（张复林）

别有洞天太阳山

深秋的一天，阳光灿烂，惠风习习，借着山谷诗社 2014 年重阳诗会暨溪流分社授牌仪式在布甲乡举行的机会，我们从县城到布甲，经杭口、过溪口、沿港口等三镇，经历一个多小时的路程，在文友们的谈笑风生中，不知不觉就到了我县中北部太阳山下的布甲乡。一下车，一阵和风吹来，一个深呼吸，这里连空气都是甜的，好一个天然氧吧！

太阳山把布甲乡抱在怀中，这个边远的偏僻小乡，处于两省三县六乡镇的交界处。相传很久以前，有位客商来到此地，用布搭成帐篷做起布匹生意，后来享有"布甲天下"美誉，此地故得名"布甲"。远古时，布甲人就有"布甲天下"的愿景，今天我来了，就突然想起了一代伟人毛泽东先生的"陶令不知何处去，桃花源里可耕田"的诗句……

汽车在盘山公路上向太阳山山顶缓慢爬行，两边绿树挨着车窗，一山绿色尽收眼底，一路欢声，满车笑语。新修的水泥路到半山腰断了，我们只好下车向上攀爬。这山路，虽然没有湖北神农架上山路一坐到顶的方便，也没有西岳华山盘山石梯的险峻，但不管是年逾七旬的老人，还是刚过二十的青春少女，都能从中找到无穷的乐趣。太阳山是布甲乡最雄伟的山峰,主峰白沙尖海拔1314米,爬到主峰,近可看到神秘的九把仙椅,远可眺望几百里之外的武汉市,倘在秋季晴天,依稀可见黄鹤楼的雄姿。今天正是个好天气,不知谁有这好运气。两三个小时的爬山过程,也是考验同伴们毅力的时候,最后有九个人成功上去,我不在他们之列,不知他们是不是每人分到了一把仙椅,是否有幸看到了黄鹤楼的雄姿,但我的乐趣却是俯瞰山下的小村。摄影镜头里的层层山林中,点缀着一栋栋青砖白瓦的两层小屋,那是绿色大海中的一点点白帆吧,而成片的移民安置小区,又让我领略了世外桃源的静中有动……

远在武汉市的黄鹤楼我是看不到了,九把仙椅我也无缘看到,更别说坐在椅上看风景了,我不得不下山,我要看的地方还有很多,要思考的内容还真不少,这次只能走马观花,留待下次再来。

布甲境内溶岩密布,坐落在乡政府西南方的布甲溶洞就很有名气。洞深400余米,分四关三厅,两侧形成溶岩画廊,钟乳石遍布,姿态各异,特别是后厅三柱笋石,如三尊菩萨端坐其中,一尊酷似观音坐莲,满目慈容,迎接游人朝拜。这只有亲自进去才能体会其妙处,语言是苍白的,好在二十多年前我在县一中当校团委书记时,带学校团委干部进去过,不然又要留下一个遗憾。这里还有不少美丽的民间传说,江西诗派始祖、书法家黄庭坚在布甲洞上、画湾两村读书时,有"蛤蟆不叫念书台""黄雀不跳画湾地"的神奇故事。

漫步在宽阔平坦的布甲街上,街道整洁,商业繁荣,山民安居乐业,纯朴的山民好像生活在陶渊明笔下的桃花源中。这里盛产板栗、红枣、油茶、毛竹、薇菜等特产,其中薇菜久负盛名。薇菜生长环境得天独厚,具有抗癌、降压、减肥之功效,远销日本等国家。布甲平均海拔750米,山顶草场辽阔,草料丰富鲜嫩,野生中草药百余种,人称"天然药场",这既是一个矿业之乡、果业之乡,更是一个薇菜之乡、药材之乡、林木之乡。此地山高林密,峰峦跌宕,沟壑纵横,风光旖旎,气候宜人,特产丰富,真是一个休闲旅游的好去处。"长恨春归无觅处,不知转入此中来",古诗人白居易早就把我的感觉写出来了啊。

一餐地道的农家午饭之后,我走进乡政府会议室,授牌仪式正在进行,各位诗友才情大发,吟诗作赋,争先恐后,一首首赞美之诗,一篇篇抒情之词,表达了诗友们的激动之情。县政协副主席、山谷诗社社长朱啸在给溪流分社社长徐春林授牌后,他深情地回忆了自己二十多年前在布甲乡任职时的情况,对今天的变化感慨不已,并赋诗一首《太阳山行》:"驱车洞子上,马路替羊肠。碧翠赢青眼,茱萸笑楚狂。藏书珍宋版,作赋效初唐。多感乡君意,编排任翕张。"字字珠玑,句句深情,表达了他对布甲巨变的欣喜之情。

景深时急,一天的重阳诗会结束了,但诗友们的心情却难以平静,透过布甲乡的变化,我也诗兴大发,一首《太阳山抒怀》跃然而出:"太阳山上诗友悦,欢声笑语话盛世;黄鹤楼远众君念,滕王阁近独吾恋。九把仙椅无缘坐,一代诗祖有我谒;试问何处消暑热,布甲溶洞任尔歇。"我也深切感受到,这几年党的农村政策在进一步落实,太阳山依然是那座山,布甲人依然是布甲人,但别有洞天的太阳山,让布甲乡一天一天红起来……

（冷春晓）

朱砂古村小记

　　去朱砂的那天是一个适宜野游的日子，薄阴的天气加上初夏的凉风，十分怡人。乡村道路在山水间蜿蜒向前，树木、村庄、田野……从车窗外掠过又不断地扑来，入眼都是画意，在我们这群草根文人心中，正好添了几许诗情。路程不远也不近，看着一路的风景，心里的期待会越来越多，当你感到有些急切的时候，她便恰好出现在你的眼前。

　　朱砂是个小山村，一条水泥马路从外面修进来，但只到村口，车子开上老屋前的地场，停在了屋门前。一下车脚便踩在了温软的土地上，有久违的亲切。放眼望去，整个村落里没有一栋现代建筑，数栋明清时期留下来的老屋有相对聚集的，有散落在山边的，错落有致。

　　村干部们热情地领着我们走进最大的一栋老屋，老屋高大的木门带着年深日久的暗淡，雕花的屋梁上有些地方已有裂隙或剥落，但仍然精美而气派。老屋的墙体斑斑驳驳，一些标语、字迹犹存，清晰地留着岁月的痕迹，令人感叹世事沧桑……厅里依然是泥土的地面，主人家泡好的菊花茶在桌上腾着热气，大

家被让到已经摆放好的长条板凳上坐下来。这栋大屋一排过去很长，原以为是几家。听过介绍才知这是瞿家最大的一幢房屋，且接连的几十间房原来都是一体的，所有的房间以前都有过道连通，只是后来分给了各家各户，才砌墙隔断了。由此想见这是当年一个合家而居、家境殷实的大家庭。从瞿家后人的讲述中，仍能感受到耕读人家和睦淳朴的家风。

村子里住着的人已不多了，年轻人或出外打工，或在城里安了家，遇见的多是有了年纪的长者。道路还是前人铺就的石径，已多年不曾走了。脚步轻轻叩响，唤起别样的乡情。山溪从田野间流过，几根树木搭的小桥走上去微微颤动着，溪流浅唱低吟，水草、菖蒲、古树、溪藤，任意取一个角度都是绝佳的风景。忽然想起儿时在故乡的溪流中捕捉鱼虾时的情景来，山间恍然传来孩童的笑声……

溪边一棵古树苍劲而翁郁，一根横跨在半空的枝干上寄生着一棵棕树，令大家叹为奇观。但我更爱那些长在古树枝上的薜荔。柳宗元有诗云"惊风乱飐芙蓉水，密雨斜侵薜荔墙"，记忆中的薜荔通常长在有石头的围墙上，与老屋、菜园一起缠绕在旧时光里。薜荔还有一个名字叫"鬼馒头"，果实可用来做凉粉，小时曾听人说摘了薜荔果回家后，家里人不可乱说话，说错了话会做不出凉粉来，所以一直觉得这是一种很神奇的植物。难得见到它们寄生在古树上，而且结着比我从前见过的大得多的果实,有一种莫名的惊喜。

沿着另一条溪流而上,依然是石径、老屋、古树。黄色的小花开在石缝里、小径边、篱笆下、地坪上,清新中充满生机。沿着石径上山,有一片红豆杉林,林子里夹杂着少许其他乔木和灌木,地上积着经年累月留下的厚厚的落叶层,空气异样地清新与湿润,令人想起王维"山路元无雨,空翠湿人衣"的句子来。一棵红豆杉与一棵石楠比肩而立,树冠如云,葱茏秀拔,树龄都已在千年以上,是朱砂深远历史的见证。站在树下,眺望整个朱砂,听村民讲述这里流传的故事,每个人都有许多感慨……

一条竹笕将山间泉水接下来,跨越溪流通往田间,清澈的水在竹笕中缓缓流动注入稻田。古老的农耕传承了先民的智慧,也许有人会觉得落后,但我却以为它最好地诠释了人与自然融洽相处的大道,没有钢筋,没有水泥……一切取于自然,相谐于自然。

"漠漠水田飞白鹭,阴阴夏木啭黄鹂",在朱砂的山水田园间行走,真是一种享受。有人无意间发现一棵紧邻稻田的树上有一大团白色的东西被裹在一片树叶上,让大家一阵好猜,最后还是一位老乡告诉了我们答案。原来那是一种蛙产的卵,发育到一定的时候,就会掉落到水田里,在田里长成小蝌蚪,最后长大成蛙。我无法想象那些蛙是根据什么来选定树下有水田的地方产卵,只能再一次感叹自然界的神奇。老乡说每年到了夏初,会有很多蛙在树上产卵,我想那一定会是一道不一样的风景。

一座古老的石拱桥横亘在大路边的溪流之上,石缝间长满苔藓与青草,印证着年代的久远。从桥的侧面看,最高处的桥拱中间那块石上有两个十分清晰的字——"步衢",这是个寓意美好又显示出文化气息的桥名,"衢"字本义是四通八达的道路,在这里还与他们的姓氏"瞿"同音。"修桥补路"在中国的传统观念里是一件积功德的善事。除了行善积德,我想,他们也是曾走出山村做过大生意、见过世面的人,还曾在村里办过育婴堂,弘扬济世救人之道,更兴过私学以图振兴人才。走出山村,走向更宽广的天地,瞿氏祖先对后代或者有更深远的寄意。虽然这只是我的猜测,但仁人之心终归还要我们从多个角度去体察。

每一幢老屋都有说不完的故事,一块稻田、一棵大树都是一种过往和现在。时间在探寻的脚步中悄悄流逝,饥饿感却是真真实实地来了。"故人具鸡黍,邀我至田家",虽然与主人并非故人,却真切地感受到了如故人一般的情意。自家养的鸡鸭,自家种的菜,就着柴火烹制出来,盛一碗饭甑蒸出的米饭,在朱砂村我们做了一回最惬意的客人,谁能说这不是一种奢华。

午后下起了小雨,斜风细雨中,先前在山边田地间相逐嬉戏的黄鸡、黑鸭这会儿都躲了起来,竹林里时有禽响清幽。忽又想起古人的诗句"村深午后不闻鸡,时有幽禽隔树啼",这一刻如此恬淡安详,我不由觉得自己是个幸运的人……

"久在樊笼里,复得返自然",在浮躁的生命里寻半日闲暇,将俗世的尘埃抛在身后,找一方安静的地方让心灵小憩,去朱砂古村是再好不过的。

（胡小敏）

花 臣 武 寨

从修黄公路左拐到汤桥公路不到千米,在路旁所立的巨石上,"花臣武寨"几个红色大字格外醒目。该村黄建兵书记和曹华梅村委正在等待我们的到来,并热情地为我们做向导。我们一同再穿过千米的田间公路,就到了"花臣武寨"景区门口,门两边对联"山水养民情,亦武亦耕,十里烟村堪问俗;田园饶樸趣,且收且采,四时风物总怡人"道出了武寨的文化底蕴。门前两边有4只硕大的石制花坛,坛中几尾金鱼在莲叶下嬉戏。我们缓步进入景区。景区依山而建,竹林茂密,树高叶繁;画在林中生,人在画中游;放眼望去,是一片竹林,林中却是一片武侠天地,武文化扑面而来……

从进门右边上山,如有兴趣的话,你可以在厅子里开始古装体验,现场有古代侠客装和江湖道具。穿着武术服装拾级而上,路旁随时可以看到各种武侠道具,时而一柄利剑直插云天,时而一把钢刀落地生花……你既可以一览黄龙拳、硬门拳、字门拳等各种精彩拳艺的风姿,也可以了解周大铭、释山智、刘义鹰等修水武术名人的风采,武侠文化深度融入其中,通过武侠场景、武侠招式、互动

闯关游戏、武侠人物和武侠道具等,让游客体验从前只存在于文学作品与平时想象中的江湖儿女的豪情。

然后从左旁下到另一山头,首先映入眼帘的是聚义廊,这里是花臣武寨弟子聚集和切磋技艺的地方,也是花臣武寨的"好运廊",聚义廊悬挂八面小鼓、四面大鼓,寓意为好运从四面八方而来。再往前走就是花臣古墓,武师魏花臣和他妻子黄氏长眠于此。该墓道光八年(1828)重立,花臣古墓是花臣武寨重修的历史见证。从石刻的《魏花臣传》可以知道花臣武寨的来历:魏花臣是黄沙镇下朗田村人,幼聪慧,饱读诗书;又习武,自创"八卦花棍"和"四十八棍"阵法,可谓文武兼备。魏花臣性侠义,好打抱不平,人称"花臣棍侠"。明末清初,地主官僚巧取豪夺,民不聊生。魏花臣遂组织本地乡民建花臣武寨,内惩豪强,外拒匪盗,寨内气象井然,百姓安居乐业。李自成兵败九宫山,其侄李过率军溃退修水,遭明军狙击,苦战不得脱围。魏花臣素慕义军义行,率武寨军民救李过突围,友好如兄弟。清王朝一统天下,魏花臣以武举身份乐享天年。

再往前走,我们就到了另一山头,如来神掌让你体会佛法无边,奇门遁甲让你见证迷宫侠影,凌波微步体验武术神技,武林争霸再现江湖侠义。而武侠闯关则包括侠客梦、追梦人、刀剑如梦、纵横江湖、英雄谁属、沧海一声笑等六大场景和五门武林绝学,一系列武林历险闯关项目无不隐藏着神秘武林的玄机,让

你过足"侠客瘾"。盖世武功，武林盟主，这是每一个武侠迷心中最深的渴望。花臣武寨为游客打造的全新的传奇武林世界，让修水悠久灿烂的武文化得以重现江湖，是广大游客特别是武术爱好者的一个好去处。

移步下得山来，夕阳穿过树隙盯着我们，我们在"相忘泉"边驻足，突然有一种"相忘于江湖"的幻觉。黄书记一路热情地给我们介绍景区的打造与规划：将来会在武寨办武馆，让修水传统武术再现于此；在武寨前面建休闲采摘园，让城里人在这体验乡村之乐……

武寨面积20000多平方米，修水传统武文化在此完美体现，打造了一个让游客创造刀光剑影、侠骨柔情的现实版"侠客空间"。

（冷春晓）

青峰寨，一块心灵栖息的净土

拼搏过，彷徨过，成功过，沮丧过……

几多忙碌，几多悠闲，人生照样经历着……

些许高兴，些许忧伤，命运依然这样过……

生活在这纷扰的环境中，我们常常在寻找心灵的栖息之地，让心不再悬着，让情不再无依，给心灵一块栖息的净土，给心情一个放松的胜地，祈盼有心之人能给你圆一个梦想。

心有所想，夜有所梦，好梦就会成真。离修水县城中心城区只有几公里，在县城西北部的竹坪乡境内，有人就为你依山傍水建了一个这样的好去处——青峰寨生态旅游景区。景区占地 4000 余亩，景区内群峰拱秀，天地苍苍，气候清爽，丰草绿溽争茂，佳木葱茏竞秀，堪称"清凉世界""绿色明珠"。

　　也许你有着尘封多年的农村记忆，也许你想念着和童年伙伴一起"过家家"的那个味道，还有那些一家几代大小共同吃饭的乐趣，而现在城市钢筋水泥的建筑和忙碌奔波的生活，让这点梦想也成为奢望。但是，你若有空来到这里的森林自助烧烤园，它会让你梦想成真。该园突出"自然生态野趣，保护创新发展"的主题，可同时进行烧烤和柴火灶农家乐，集休闲、娱乐于一身。园内有休闲娱乐的捕鱼小溪、欢乐儿童游戏场、特色森林迷宫和吊床休息区落花亭等，是一个全新的自助烧烤园。园内林木葱郁，环境幽静，到处是不知名的各色野花，几条溪流从林中穿过，形成了"林溪间杂"的景观氛围和游憩空间。在这里，你可以把尘封多年的童年记忆打开，围住烧烤炉与知己好友谈笑欢聚，炒上几个小菜，享受美食，或者陪着家人游乐，亲身体会记忆中的那个味道和乐趣。木马、秋千、铁环和独木桥等可让你体验亲子游戏，回忆儿时童趣，土灶、柴火、铁锅、炊烟加起来就是一幅美丽乡村的风景画。

　　城市的喧嚣也许让你难受，独处的幽静也许成了向往，但你可以来到这里的青峰垂钓区，它位于景区东南部山谷的锁心湖中。湖水光照充分，水系发育

较好,集山谷两侧溪水,水源畅通,水质肥沃。踏进垂钓台,一种幽情会油然而生,漫步于钓鱼台木制的站桥上,水流叮咚,鸟语声声,虫鸣啾啾。湖中鱼类数目多、种类杂,让垂钓爱好者不胜欢喜。累了,你还可以漫步到湖心亭廊,站在亭廊观景台上,观望湖中美景。水中倒映着湖畔花草树木的影子,就像一位秀气而害羞的姑娘轻蒙面纱,而水中雀跃的鱼儿又像是姑娘手中调皮的丝帕,一静一动显得是如此的和谐而又美好,这里幽雅宜人,好似世外桃源。此情此景,不正是纪晓岚《钓鱼绝句》中描绘的"一篙一橹一孤舟,一个渔翁一钓钩。一拍一呼又一笑,一人独占一江秋"?

"晚来天欲雪,能饮一杯无",出自唐朝诗人白居易的古诗作品《问刘十九》第三、四句,如果你有机会到这里的景山小院美食楼,点几个家乡小菜,喝几杯修水米酒,定会让古代的白居易羡慕。放眼过去,这是一幢错落有致、古色古香的庭院,透过墙头的树枝就能微微感受到岭南园林的韵味,四合院的建筑样式犹如回到自己的老家,尤其是土鸡土鸭土猪肉各种土到掉渣的乡间味道,让很多尝惯了山珍海味的人直流口水,那种萦绕在舌尖的味道久久不会忘怀。你还可以在这里豪饮上奉米酒,细酌白岭烧酒,慢尝溪口薯酒……酒足饭饱之后,你再到青峰茶楼品一品宁红金毫,饮一饮靖安白茶,精挑细选的香茗,清香四溢,品后让你回味人生之味;看一看溪水中的灿烂睡莲,摸一摸湖岸边的依依垂柳,在小桥流水间,让人觉得情趣倍增,那岂是"能饮一杯无"的喜悦了得!

静有静的乐趣,动有动的滋味。在这里,你还可会同几个好友,到乒乓球室挥拍交友,或到羽毛球馆交流球技,人多的话可到篮球场挥汗决斗,哪怕一个人也可以到健身房独自锻炼。喜欢登山望远的朋友,可以邀上几位朋友爬爬山,途中的植物园中,鸟语花香,珍贵物种红豆杉、香樟、香果树让你目不暇接,杜鹃花、山茶花等沁人心脾,造型奇特、苍劲挺拔的松树、红枫等让你流连忘返……如还有雅兴、不嫌疲劳的话,继续登高可到青峰亭,在那远眺县城繁华胜景,近观竹坪田园风光,你或许会产生"山高我为峰""一览众山小"的豪迈。

该下山了,且慢!你向山下看看,溪边林间,若隐若现的休闲木屋犹如美丽的花簇,掩映在青山绿树之中,这就是山语林溪度假酒店,很适合个人或家庭度假养生。在修水文友"相约青峰寨"采风期间,我在一栋精致的小木屋前驻足,看见一对鹤发童颜的老夫妇,在藤椅上晒着冬日的暖阳,房间里两对中年夫妻正搓着麻将,他们悠闲自得,笑语连天。他们来自东北,是一家人,一对是做生意的老板,一对是退休的干部,门外晒太阳的是他们的父母。趁北方寒冷、南方温暖、自己有空的时候,他们带父母出来走走、看看,弥补年轻时忙于事业,没尽到孝心,也没让自己闲下来的遗憾。这里太适合来享受了,优美的环境,新鲜的空气,让他们可以尽情享受大自然恩赐的美景,我想,这也就是建度假酒店的初衷。

夕阳西下，一轮红日挂在青峰亭上，红彤彤的晚霞万丈，把青峰寨掩映在夕阳的余晖之中，一缕缕炊烟从山间升起。这时我突然想起南朝梁文学家吴均《与朱元思书》中的"鸢飞戾天者，望峰息心；经纶世务者，窥谷忘反"两句，这就是到了青峰寨的真实感受。来到这里，走走看看，爬爬跳跳，吃吃喝喝，聊聊想想，你还会计较人生的不如意吗？这里就是专门为你量身制作的一块心灵栖息的净土，你难道不向往吗？

（冷春晓）

江 南 茶 事

　　这天正值周六，窗外早上还明媚惊艳的天空，转眼就阴起了脸，层层的白云把太阳遮挡得严严实实，似乎没有了头一天的热乎劲儿。我吃过早餐来到了办公室，准备品尝一下朋友寄来的江南绿茶。

　　特意找了一大玻璃杯，用开水连烫带涮三次后放在桌上，办公室里虽然简陋，没有高雅的茶具，但音乐是必不可少的。我虔诚地净手、焚香，然后安静地坐了下来，轻轻地扭开了音乐开关，一曲《高山流水》恍如从耳旁轻轻滑过，远在他乡的我，又听到了江南的丝竹之声。

　　随着音乐的播放，水很快烧开了，沸腾的蒸汽吱吱地叫着，撑开水壶的盖子探头探脑的，仿佛已等不及了。我轻轻打开茶叶的包装，倒出一撮茶叶放在手掌上，细细观察起来，江南的绿茶就是与众不同：纤细、颀长的身子，如新生的婴儿一般脆弱，又似精瘦的老人一样干练，安静地躺在我的手掌里，恍如一大群精灵在轻轻吟哦，又像是一众仙姬在闭目养神。此时此刻，我那不算宽大厚实的手掌便成了茶叶展示风姿的人生舞台，茶叶则成了我手掌里凝固静默的不朽生命。

纤长的茶叶如姑娘一般身穿墨绿色的衣裙，素面朝天地看着我，露出一脸迷人的笑靥，身上自然散发出来的一股股清香迅即弥漫在办公室的空间，尔后钻入我的鼻孔，沁入我的五脏六腑之间。面对如此佳人，我强装心静如古井，不荡起一丝涟漪，只是深深地吸了一口香气，然后把她轻轻倒入玻璃杯中，高高提起开水壶，对准杯口倾倒下去，耳旁莫名响起了"飞流直下三千尺，疑是银河落九天"的诗句。我知道，这是李白式的夸张，用在冲泡南方娇美的绿茶过程当中实在是有不敬之嫌，但此时此刻，我的灵魂已经随茶香四溢，飞出了办公室，飞出了北方的天空。尽管现实之中，窗外已经乌云密布，雷声隐隐，但丝毫不能影响我的灵魂在茶香之中渐行渐远，展翅飞翔。

我知道，粗犷的自来水确实不是泡茶的好材料，水壶那污垢满身的粗俗根本就不配与江南茶姑娘为伍；我当然也知道"一泡汤、二泡茶、三泡四泡是精华、五泡六泡有余香、七泡八泡韵味长"的茶事规矩，但我更知道自己眼下正在拉郎配，是我的简单粗暴让江南秀茶与北国自来水勉强融为一体，暂时结下一段不解孽缘。

这，就是我的不对了。面对江南茶叶的娇羞与胆怯，我心下开始惭愧起来：如此简陋的恶劣环境，实在是有辱"中国十大名茶"的极品身份。但茶叶似乎没有我想象中的小家子气,她们有着极强的生命力,随遇而安,甚至是有着"嫁鸡随鸡、嫁狗随狗,嫁得山猪满山走"的崇高境界。当八九十度的滚开水淋上她们身体的一瞬间,茶叶立即在水的怀抱中舒展开娇小的身姿:有的羞涩,有的沉默,有的张扬着笑靥,有的紧抱着头颅,有的则悄悄闭上双眼,笑着,唱着,漂浮着,如纷纷扬扬的花朵起伏着,如仙姬一般在水杯里翩翩起舞。

一眨眼,整个水杯里已经是翠绿透明的满满诱惑,原来干瘦、颀长的茶叶早已摇身一变,恍如刚刚离开树枝头的茶界公主,又鲜活娇嫩起来:我分明从茶杯里看到了江南的春光明媚、青山绿水,江南的香甜空气、轻雾细雨;仿佛看到了采茶姑娘那袅娜的身姿、纤细修长的指尖乃至芳肩上深深的背篓;仿佛闻到了采茶姑娘特有的体香,听到了采茶姑娘清脆悦耳的歌谣和细碎的脚步声……从春雨涟涟的滋润到薄雾轻纱的诗意笼罩,从采茶姑娘温柔的指尖到工厂里机器的无情蹂躏,从机器轰鸣的车间到五光十色的包装袋里,是茶姑娘从生到死的经历;从超市的货架上到家庭茶杯里,从亲朋好友的手里到文人墨客的聚会,从滚开水的无情冲泡到重新鲜活娇嫩起来的苦难过程,分明就是茶姑娘从死到生的精神复活。这生生死死的情感纠结,正是茶叶姑娘背后不朽的灵魂在轻吟慢唱、涅槃再生,喝着眼前杯中香甜清香的玉液琼浆,我的心儿早已飞回了故乡江南。

故乡小地名曰白鹇坑,在修水县城东门西出十里余、抱子石上游一公里处。

昔日小山村如今已碧波荡漾，当年行走玩耍的石砌小路、拱桥、沙滩亦无影无踪，永远沉没于长河之底。然而小时候听叔公讲的故事却常于夜深人静之时闯入脑海：

> 漫山遍地皆春茶，清明前夕采嫩芽。
>
> 多少村姑背篓影，早出晚归沐红霞。

早在民国期间，白鹇坑所有山头并无树木杂草，放眼望去，层层叠叠，高高低低，看得见处皆是茶园，看不见处唯有青天。男人种茶施肥，女人采茶除草，常常会对唱山歌，歌声悠扬悦耳，时而高亢粗犷，时而哀怨缠绵：慷慨激昂之时穿云裂石，遏云止水；低沉忧伤之时则涕泪交流，肠断心碎。

一送情郎床帐头，手拿丝带郎系腰。

郎系三转溜溜软，妹系三转软溜溜，丝带一脱随风飘。

二送情哥出房门，郎的背上打三拳。

打要三拳记三事：戒酒戒色又戒烟，莫得外面养家眷。

三送情哥堂前中，二人牵手拜神灵。

神明佑郎身体好，到处求财财顺风，早早夜眠早早醒。

四送情哥下阶基，麻风细雨洒郎衣。

左手帮郎撑起伞，右手帮郎扯起衣，盼郎平安按时归。

五送情哥石门前，头上金钗取一根。

金钗虽小仁义重，随手插在左右边，见到金钗似娇莲。

六送情哥转角塘，转角塘边祝福郎。

口干莫喝沟污水，肚疼莫喝冷菜汤，情哥得病妹心伤。

七送情哥花椒林，手把花椒说事情。

莫看花椒红了脸，莫看花椒黑了心，花椒落地两边行。

八送情哥茶树窝，手采茶叶笑呵呵。

茶叶还要妹来采，阿妹心里有情哥，好比明月伴梭罗。

…………

据说我爷爷手头曾珍藏有一册山歌手抄本，可惜在"破四旧"时被造反派一把火烧了，抢书烧书之人如今已入土为安，连个责备控诉的机会都没有了，唯有一声长叹！

　　白鹇坑除了遍地茶园让我寻寻觅觅外，还有武举朱南星（谐音）的豪气冲天让我悠悠神往：一百二十斤的春秋大刀，飞檐走壁的硬功绝技，打遍大江南北十八省无敌手的舞狮传说，犹如天上点点繁星，熠熠生辉……

　　窗外的乌云又开始散去，久违的蓝天白云就在窗外飘荡徘徊，莫非他们也知道我今天有好茶喝，也想停下脚步来品品我这杯中美味？望着天上南飞的"大雁"，我的心里升起了一股浓浓的思乡之情，有感于斯，口占一绝以记之。

咏春茶

山清水碧慕前贤，

谷静花幽秀美弦。

草绿莺飞歌曲赋，

茶滋百代比神仙。

（全秋生）

第二篇 景区景点

秋收起义修水纪念馆

1927 年，毛泽东、卢德铭等领导了著名的湘赣边界秋收起义。修水县是秋收起义的重要策源地和率先爆发地，是秋收起义主要军事力量的集结地和出发地。在修水，中国共产党创造了党史和军史上"三个第一"的重要地位：一是中国共产党独立领导的第一支革命军队——工农革命军第一军第一师在修水组建；二是中国共产党公开打出的工农革命军第一面军旗在修水设计、制作并率先升起；三是 1927 年 9 月 9 日湘赣边界秋收起义率先在修水打响了第一枪。

工农革命军第一军第一师第一团驻地旧址内景

　　秋收起义修水纪念馆坐落于修水县城凤凰山路 136 号,占地面积 10000 余平方米,始建于 1977 年。馆标由秋收起义时任师部参谋、工农革命军军旗设计者之一、全国政协原副主席何长工题写。秋收起义修水纪念馆先后被授予首批全国爱国主义教育示范基地、国家级国防教育基地、全国红色旅游经典景区、国家三级博物馆、中国井冈山干部学院"现场教学点"。纪念馆于 2008 年 1 月 1 日起实行免费对外开放。

工农革命军第一军第一师第一团团部驻地旧址全景

军旗设计处——工农革命军第一军第一师师部旧址上厅堂

工农革命军第一军第一师师部旧址

纪念馆序厅

黄庭坚纪念馆

黄庭坚纪念馆是为纪念北宋著名诗人、书法家、"江西诗派"始祖黄庭坚而建,位于修水县城南山崖,为黄庭坚少时读书游憩之地,是国家 AAAA 景区、江西省重点文物保护单位、江西省十大历史名人纪念馆、省爱国主义教育基地、九江市廉政文化教育基地。

莲池丽影(组照) 冷伍敏摄

黄庭坚纪念馆前身为修水县博物馆,1985 年改建并更名为黄庭坚纪念馆,2008 年再次扩改建。馆名系全国政协原副主席、中国佛教协会会长赵朴初题写。馆区占地面积 46 亩,有濂山书院、山谷祠、九曲回廊、溪山自在楼、顺济亭、一翠亭、冠云亭、爱莲池、宋代以来摩崖石刻群、黄庭坚书法诗词碑廊、当代书家书写黄庭坚诗词碑廊等景点。

　　2010 年新建修水县博物馆,位于县城良塘新区,隶属于黄庭坚纪念馆,形成"一馆两区"格局。博物馆建筑面积 6300 平方米,馆名由中国人民大学终身教授、中国艺术研究院副院长、国学大师冯其庸题写,设有文明源流、书院文化、人文荟萃、佛教盛迹、红色沃土及民俗风物六个展厅。博物馆内有馆藏文物 6202 件,其中一级文物 3 件、二级文物 16 件、三级文物 520 件。

门楼晨韵 莫英莲摄

回廊门口夕阳斜 莫英莲摄

光影下的顺济亭

夕照冠云亭　莫英莲摄

濂山爱莲

双井黄庭坚故里旅游区

　　双井黄庭坚故里旅游区,位于修水县双井村,是江西诗派开山之祖,被誉为"诗书双绝"的北宋著名诗人黄庭坚的故里。双井村地理位置优越,四周群山环抱,环境十分优美。一条酷似明月的小河缓缓从村前流过,因此得名"明月湾"。双井村人文历史底蕴丰厚,历代名人辈出,有"庐陵双井之文章"的美誉。2020年6月,双井黄庭坚故里景区获评国家AAAA级旅游景区。如诗如画的双井,它用群山、溪流、茶园、古街、黛瓦、诗歌凝聚了千年时光,向每一位远道而来的客人述说着千年的往事。

　　区位条件优越。黄庭坚故里建设项目总规划面积89.4公顷,位于江西省西北部、九江市西部,属于江西省九江市修水县,地处修河上游、幕阜山与九岭山山脉之间,是湘鄂赣三省与靖安、奉新、宜丰、铜鼓、平江、通城、崇阳、通山九县的交界处;位于长沙、武汉、南昌三个省会城市中心点,地理区位上形成众星拱月之势。项目3小时经济圈内覆盖长沙、武汉、南昌三个省会城市,距离县城仅6千米,可通达性强,旅游市场潜力巨大。

文化底蕴深厚。被誉为"诗书双绝"的黄庭坚在这里出生、学习、成长、创作,他与苏轼因诗歌齐名,并称为"苏黄";与苏轼、米芾、蔡襄因书法齐名,并称为"宋代四大家"。他"涤亲溺器"的感人故事更是成为中华民族二十四孝的经典。这里学风浓厚,人才辈出,北宋一朝,双井黄庭坚故里仅黄氏一族就出了48名进士,至今仍被称为"华夏进士第一村"。

　　历史遗存丰实。黄庭坚故里旅游区坐落在有着千年历史的双井村里，保留了丰实的历史遗存。青瓦白墙的徽派建筑民居群，见证了双井黄氏宗族曾经的荣誉与辉煌，现有黄庭坚故居、钓鱼台、高峰书院等20余处景点。这些历史遗迹见证了千年双井的沧海桑田。

　　产业价值兴盛。修水县政府力求通过对双井黄庭坚故里的打造，整合乡村旅游资源，借助"文化＋旅游＋产业"的旅游发展模式，以旅游强县，实现乡村振兴和精准扶贫。双井古街片区与修河沿河片区，着力打造商业板块，通过引进文化业态、开发文创产品、举办民俗节庆活动等形式，打造成集吃、住、行、游、购、娱为一体的特色民俗街和特色商业街；同时景区打造的大型主题行进式演艺——状元巡游，让游客能够参与其中，亲临高中状元全城游街的盛况。如今的黄庭坚故里，基本上实现了"农、文、旅"三位一体的融合发展。

陈门五杰故里景区

　　陈门五杰故里景区位于修水县宁州镇原桃里乡辖区,景区总面积209公顷,核心景区约64公顷,自2018年开始规划建设。整个景区由陈宝箴、陈三立故居(陈家大屋)、义学里、四觉草堂、义宁陈氏文化纪念苑、六悟茶园、凤鸣涧瀑布、陈公祠、三合河、客家河堤等景观组成,后期将打造五彩梯田、客家风情村落、画家村、花果香、胡桃里、田园居等主题景点。

陈宝箴、陈三立故居

　　陈宝箴、陈三立故居亦称陈家大屋,坐落在江西省修水县宁州镇竹塅村,是晚清维新派重臣陈宝箴和著名诗人陈三立父子的出生地。大屋分凤竹堂、新屋里、官厅三部分，其中凤竹堂由陈宝箴祖父陈克绳初建于清乾隆五十七年（1792），新屋里和官厅为光绪年间陈宝箴中举后修建。故居为砖木结构，一进两重，中开大天井，是典型徽派和客家建筑特色的融合，历经200多年，大部分保存完好，院内还保留有陈宝箴中举的旗杆石和陈三立中进士的旗杆墩各一对。义宁陈氏家族，自迁义宁以来，因其多年的文化积蓄，终成为文化贵族和文化世家。自陈宝箴、陈三立之后，陈衡恪为近代大书画家，陈寅恪为现代史学大师，陈封怀为著名植物学家、中国植物园之父——一门五杰，世所罕见。2013年陈家大屋、陈克绳墓、水口古石桥一起经国务院批准公布为第七批全国重点文物保护单位。2017年由江西省文物保护中心制定修缮方案，经过为期一年的修缮和陈展布展工作，2018年初陈家大屋正式对外开放。

义 学 里

清光绪十一年（1885），陈宝箴回到故乡，在竹塅芦源创建义学一所，购买水田五十石拨归义学，并取名"鲲池义学"。后人不忘宝箴的义举，将此处称为"义学里"。

2019 年秋，原址重建义学，复原整体外观及部分内部场景，并兼顾陈三立、陈衡恪、陈寅恪父子成就展示功能。引入现代化多媒体展示手段，多层次多角度展示利用，旨在使参观者对义宁家学、义宁精神与家族崛起之关系有一个比较系统的了解，以期收获相得益彰之效。

四 觉 草 堂

同治元年（1862）秋，陈宝箴在陈家大屋附近"四角堁"建一座读书楼。李复《四觉草堂记》载："陈子又深有惧乎视听言动之四觉，恻隐羞恶辞让是非之四端，而或有不能自觉也，遂以名斯堂。"四觉草堂成为陈宝箴与友人品茶论道，以学问、勋业、气节相砥砺的精神之所，以期修身、齐家、治国、平天下。

2020 年春，原址附近重建草堂，还原四觉草堂历史原貌，二楼设传统古色茶馆供游客休憩。草堂整体布置旨在带领受众穿越时空，身入其境，探寻四觉草堂的往日风貌，重温青年陈宝箴及挚友在草堂的潜心修行之路，传承他们砥砺奋进的精神。

义宁陈氏文化纪念苑

义宁陈氏文化纪念苑坐落在故居左边谢家坑半山腰，占地约 100 亩，于 2018 年开始修建。整个纪念苑由石牌坊山门、义宁陈氏家族历史文化浮雕墙、纪念碑刻、景观池塘、观景亭等部分组成。观者可以通过纪念苑了解整个义宁陈氏家族的历史发展脉络,此地亦可以作为纪念凭吊义宁陈氏家族先人之地。纪念苑群山环抱,绿树掩映,景色秀美而又庄严静穆。

义宁陈氏文化纪念苑鸟瞰图

六 悟 茶 园

四觉草堂前面栽种约三百亩高山茶,即六悟茶园,以善良、格局、自立自强、变通、自信、坚贞等人生六悟之意命名。此地因海拔较高,湿度适中,土质肥沃,所产茶叶汤色透亮、甘甜浓醇。

凤鸣涧瀑布

瀑布位于游步道中段石壁坑,是当年去往四觉草堂必经之处。相传古时常有凤鸣于石壁之上,因而得名。瀑布于绝壁间倾泻而下,状如玉带,周围巨石耸立,枫林掩映,是一处清凉静谧的天然佳境。

东浒寨景区

　　东浒寨景区位于湘鄂赣三省交界处的黄庭坚故里——江西省修水县征村乡境内，距修水县城约 19 公里，总面积 14400 余亩，投资 2 亿余元，是按国家 AAAA 级旅游景区标准建设的集观光游览、娱乐运动、拓展研学和餐饮住宿为一体的综合型景区。

　　景区属于典型的丹霞地貌，是难得的环保型山水自然风景区。境内森林丰茂、流瀑飞泉，赤壁丹霞、湖光山色融为一体，构成一幅幅绝美的山水画卷。景区内主要景点有九镜湖、石窟瀑布、将军岩、钟鼓山、天王桥、清心桥、一线天、百丈梯、玻璃鹊桥、百里画廊、象鼻山、吊兰谷、方竹林、红岩寺、东浒古寨等。

鹊桥

象鼻山

　　娱乐体验项目飞拉达攀岩线路总长达 3000 多米,落差 110 余米,是湘鄂赣首家、亚洲运营里程最长、环境最优美的悬崖攀岩项目。攀林公园亲子乐园是一项在丛林中进行的探险项目,集冒险、运动、娱乐、挑战于一体,项目通过爬、滑、游、跨、跳、飞等各种趣味环节越过所有障碍到达终点,是进行亲子运动的娱

飞拉达攀岩

乐天地。场地规模约70亩的越野车基地分别有长达1.5千米的陆路和水路赛道,是专为痴迷全地形赛车运动、热爱赛车、追求速度的越野卡丁车爱好者所打造的乐园。巴厘岛秋千和不湿身游泳池是深受年轻人喜爱的网红必打卡项目。

越野车

2020年,景区又投资兴建了高空玻璃桥、玻璃旱滑、悬崖漂流、飞天魔毯和高空飞索等五大网红旅游项目,为景区的提质改造打下了坚实的基础。众多的玻璃观光组合融合在大自然的丹霞赤壁、云山雾海之中,气势磅礴而又和谐统一,游客在体验过程中能够全身心、全方位地感受东浒寨原始壮观的悬崖绝壁、万丈飞瀑的奇险幽深。

玻璃桥

餐饮住宿方面,景区拥有可同时容纳500人就餐的东浒食府,主营本帮特色餐,专为游客提供团餐、散点、快餐等服务。景区拥有总计超过70多间客房的林泉三舍度假酒店和花深里星空帐篷酒店。林泉三舍民宿简约典雅,经济实惠,被评为江西最美民宿之一。而花深里星空帐篷屋则将户外大自然和野奢露营完美结合,设有森林小屋、星空帐篷、花坊帐篷、吊床套房等多种房型,每一款帐篷、房间设计都风格独特,满足游客追寻星空的浪漫主义旅居情怀。

景区环境

景区自成立四年以来,先后被评为国家AAAA级旅游景区、全国森林康养基地试点建设单位、中国林业产业联合会森林康养分会会员单位、九江市特色气候避暑小镇、九江市中小学生研学实践教育基地、修水县摄影协会摄影创作基地、修水县中华诗教先进单位,同时还是修水县旅游协会创始成员及会长单位。

景区鸟瞰图

宁红茶文化园

宁红茶文化园是国家 AAA 级旅游景区,修水县唯一一个省级工业旅游示范区,这里一年四季繁花似锦,故被称为修水的"城中花园"、离城市最近的天然氧吧。

宁红茶文化园大门

宁红茶文化园作为宁红集团总部,地处于修水县城南秀水大道下路源,交通十分便利。宁红茶文化园距离修水汽车站仅 3 公里,距离武吉高速修水出口仅 8 公里;距离九江、南昌仅 200 多公里,从景区出发,经武吉高速可直达庐山机场、昌北机场;同时,距离长沙、武汉仅两小时车程,处于中三角的中心区。整个园区占地面积 160 亩,总建筑面积为 6 万平方米,总投资 2.6 亿元,分为技术中心、会务中心、产品展示中心、红茶精制加工、绿茶精制加工、茶叶精深加工、茶制品加工、审评室、仓储、茶体验等十个功能小区。整个园区与山水融为一体,并结合周边的茶叶生态科技园、江南国际茶城等功能建筑,精心打造成一个以茶文化、茶休闲、茶展示、茶销售、茶体验、茶研发和茶叶精深加工为一体的茶文化生态旅游区。

茶叶基地

宁红茶文化园全景图详细标注了景区中各个景点,使每一位游客都能对景区有个直观印象。景区内设置了景物介绍牌、标识牌多处,均使用中、英、韩三国语言对照,能够满足国内外游客的需求。景区绿化覆盖率达到国家景区标准,植被品种繁多,宁红小种茶树和四季常青树种交相分布,整个绿化工程错落有致,而且不乏较为珍贵的植物物种,如红豆杉等,无论在空间上还是在数量上都给人以美的感觉。

宁红茶文化园进门右转穿过翡翠湖、茶香亭后是建筑面积一万平方米的茶工场,拥有宁红茶、双井绿茶、宁红保健茶以及各大茶类多条产品生产线,为宁红品牌推广和价值提升奠定了扎实的基础和强有力的保障。现在的茶叶加工设备,已投入资金4000多万元。厂房一楼是茶叶生产车间,设有茶叶摊放区、红茶萎凋区、茶叶揉捻区、红茶发酵房。宁红茶通过发酵后,经传送带送至一楼左侧的茶叶烘干区进行烘干以及精制分筛,最后到二楼进行拼配、包装。一楼的中间是双井绿茶杀青区,绿茶通过杀青、揉捻后进行烘干和精制分筛。每年清明前后所采摘的品质最好的茶芽,则在一楼的名茶区进行手工生产制作。此外,二楼设有观光通道、茶叶拼配包装区、成品仓库、冷库以及审评室,三楼是茶瓜子生产区和电子商务仓库。整个生产车间完全实现高标准现代化茶叶生产流程,最大产能可年产成品茶1000余吨、养生功能茶1500万盒,年产值可达6亿元。

宁红生产线1

宁红生产线2

　　宁红茶文化展示馆中展示了宁红茶的起源、产地特色、历史沿革、辉煌荣誉和不同时代的兴衰,也有宁红茶产业的现状和未来的展望,以时间为脉络,讲述了宁红茶的前世今生,同时配有戏台和阁楼,能更充分地将茶艺、茶文化表演等特色文化进行展示。

展示馆

古建博仁茶堂,迁建为一座四进的将军府,属明代建筑。茶堂内有上下两层,共20余间包间,可提供品茗会友、书法绘画、养生休闲、阅读感悟等多种体验,在繁忙的工作生活中,让人感受到一种不同的静谧,充分展现宁红茶慢工夫的独有特色。

博仁茶堂

将军府

　　宁红茶文化园区内设有特色民俗酒店,是一家集住宿、餐饮、宴会、会议于一体的综合性民俗酒店。酒店拥有 50 余间客房,可同时容纳 700 人用餐,让人玩得开心,住得舒适。

大洋洲公园

　　大洋洲公园是修水县 2011 年重点城建项目,9 月份开工,12 月底全面建成开放,成为我县的青少年夏令营基地、婚纱摄影基地、自行车训练基地、候鸟栖息地。该公园以"一带一河一洲"为景观结构,即由湖滨景观工程、内河、湿地公园三部分组成,总面积 1500 亩,总投资约 2 亿元。

　　湖滨路景观工程全长 5.8 千米,绿化面积约 176000 平方米,树苗品种多达106 种,景观大树约 6234 株;多移植修水本地乡土树种,稀有珍贵大树主要有红豆杉、古香樟、金钱松、雪松、白玉兰、广玉兰、金桂、紫薇、银杏、含笑、重阳木等十多个树种。湖滨路沿线同时建有占地 2.8 万平方米的秀和广场、2 万平方米的长天广场、8000 平方米的聚贤广场。

　　景区内河原来是一潭死水,朽木与杂草丛生,经过河道疏通整治后,形成了一条长1.5千米、宽60米,贯通山口河和修河的秀美河流,9万平方米的水面和3000余米的景观堤有效改善了公园两岸的景观效果。

　　大洋洲湿地公园长约1200米,宽约220米,面积约400亩,成狭长形的绿洲。按照"生态、经济、美观"的理念,大洋洲湿地打造成了生态景观公园,与湖滨路景观工程遥相呼应,融为一体。湿地公园绿化面积约18万平方米,树苗品种规格有49种,景观大树约4000株,建有柳杉树、枫香树、杨梅林、棕榈树、松树林、阳光草坪、果岭等主题景观。同时,这里利用起伏山体和天然水体,打造富有特色的湿地公园。

温 泉 小 镇

温泉小镇坐落于风景秀丽、气候宜人的江西省九江市修水县。小镇占地1980亩,由北京尚达信资产管理有限公司投资打造,包含五星级标准度假酒店、温泉养生别墅、洋房、精装公寓、省级重点九年制散原中学,以及计划兴建的中西医结合温泉康养中心、大型购物中心、半山温泉汤院、国际双语幼儿园……

温泉小镇的天然温泉水源自一代帝师万承风故里——黄沙镇汤桥村,采自地下470米至1100米的九岭山脉地下断裂带,出水温度达65℃。温泉水含有被誉为"水中软黄金"的偏硅酸和重碳酸盐,以及富含硒、氡等30余种对人体有益的微量元素。温泉水通过全长27公里的管道、途经9个行政村送至小镇,管道采用高强度环保材料和先进保温技术,以保证优良水质和适宜温度。

一代帝师承风故里——汤桥村是原汤桥乡政府所在地,位于黄沙镇东部,总面积22平方公里,共有21个村民小组2400余人。汤桥区位优势明显,距县城29公里,县道汤黄公路穿境而过,属于县城"半小时经济圈"。汤桥旅游资源丰富,拥有全省水温最高,富含硒、钙、水质优良的天然温泉,有一河二温的美景奇观。汤桥人文底蕴深厚,尤以万承风为杰出代表,其为官历经高宗、仁宗两朝,均得两朝皇帝信任,侍宣宗道光皇帝二十余年,仁宗皇帝赞叹"实心勉力,报多年知遇之恩;益励廉隅,为一代群臣之首"。

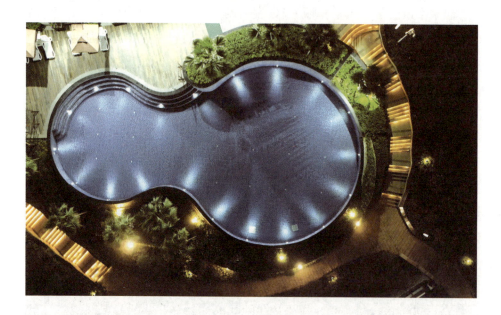

小镇还开辟了 50 亩原生态农产品种植养殖基地,遵循有机理念,用传统方式种植各类时令蔬果,饲养鸡鸭鱼类农畜产品,既给酒店提供了安全健康的有机食品,又给游客提供了采摘体验及零距离接触大自然的机会。安全健康有机的生态农场,近在咫尺,邀您进入"采菊东篱下,悠然见南山"的超然秘境。新鲜的食材,星级的服务,带给您味蕾、感官全方位的享受。

来修水,这里的空气都是甜的;来温泉小镇,住进巨幅水墨画里。在大自然中,寻找理想生活;在真实生活中,被自然宠爱。用旅行的方式,遇见自己的诗意人生。

青峰寨生态旅游景区

青峰寨生态旅游景区坐落在修水竹坪乡境内,占地面积约 1350 余亩,是按国家 AAAA 级旅游景区标准来打造的休闲度假旅游区。景区为一心三谷一区(即综合接待与游乐中心、花溪谷、药王谷、忘忧谷、生态涵养养生区)的格局布置,一谷一主题、一谷一花色、一谷一溪水,目标是建成特色的乡村旅游休闲基地、青少年综合素质教育基地、亲子游乐基地。景区内群峰拱秀,天地苍苍,气候清爽,丰草绿溽争茂,佳木葱茏竞秀。其森林资源丰富,在浩瀚的林海中,有珍贵物种红豆杉、香樟、香果树、银杏等珍贵树种,还有杜鹃花、红枫树、果林、天然杉木林等,衬托出青峰寨的色彩绚丽多姿。青峰寨可谓是植物生长的王国,休闲度假的天堂。

青峰寨景区项目建设主要分为三大部分,第一部分为基础设施建设,主要包括景区公路、游步道、山地自行车道、强弱电项目、给排水(含排污)工程、公厕、停车场等;第二部分为景观项目建设,主要包括楼台亭阁、栈道、溪流景观、植被改造和植物园区建设;第三部分为服务项目建设,主要包括农业体验与观

光(含采摘园区建设)、农耕文化、餐饮、酒店、运动馆(场)及其他旅游休闲服务设施等。青峰寨景区年接待能力65万人次(可提供半日游、一日游、二日游旅游产品),创造350个就业岗位,增加就业人员现金收入,同时带动项目区周边161户农户发展第三产业,助推产业结构调整,拓展收入渠道,为修水早日摘除国家贫困县帽子,共同富裕奔小康做出贡献。

景区目前提供9个活动项目,如采摘、垂钓、观光等农事活动。项目有较强的地方性、参与性、民俗性、农事性等,能充分地体现当地农业(渔、牧业)和农村特色、民情风俗,游客感觉舒适有特色。活动项目区域具有充足的活动空间,有较大的游客聚集场所,游线布局合理,形成可览、可游、可居的生态旅游环境,并有丰富健康的夜间文化娱乐活动项目,可依托县城进行夜游修河等一系列文化娱乐活动,有风情剧场的少数民族文艺演出。景区已建成包括森林自助烧烤园、青峰垂钓、锁心湖、翠湖、景山小院美食楼、户外婚庆广场、真人CS野战基地、丛林穿越、山语林溪度假酒店、氧+运动中心、水上乐园、红豆杉园、溪流景观、户外拓展等在内的一批项目和景观景点。

近年来烧烤慢慢成为一种时尚的户外休闲聚餐活动。它不仅适合各年龄段的人群,更能满足人们自己动手的成就感。

青峰寨森林自助烧烤园的建设着重突出"自然生态野趣,保护创新发展"的主题,可同时进行烧烤和柴火灶农家乐,是一个集休闲、娱乐于一身的全新自助烧烤园。园内有休闲娱乐捕鱼小溪、欢乐儿童游戏场、特色森林迷宫和吊床休息区落花亭等等。

园内林木葱郁,环境幽静,到处是不知名的各色野花,几条小溪从林中穿过,形成了"林溪间杂"的景观氛围和游憩空间。它以优美的景致,保护完好的自然生态,吸引着众多市民和游客置身绿野当中,感受大自然的魅力。土灶、柴火、铁锅、炊烟加起来就是一幅美丽乡村的风景画。

木马、秋千、铁环、独木桥等可让你体验亲子游戏,增进亲子感情,回忆儿时童趣。如今这些对于城市人来说似乎都成了遥远的记忆。在这里你可以把尘封多年的农村记忆和童年记忆再次打开,亲身体会记忆中的那个味道和乐趣。你可以围住烧烤炉与知己好友谈笑欢聚,炒上几个小菜,享受美食或者陪着家人游乐,置身森林让你远离城市的喧嚣。

青峰垂钓是景区的一大特色,它位于景区的东南部山谷中,现已形成景观湖锁心湖。湖面较大、湖水较深,光照充分。水系发育较好,集山谷两侧溪水,东西流向,水源畅通,水质肥沃。踏进垂钓台,一种幽情会油然而生。漫步于钓鱼台栈桥上,可闻水流叮咚、鸟语声声、虫鸣啾啾。

湖中的水都是来自山上的天然泉水,洁净无污染,水质优良伴有少量水草,非常适合鱼类的生长。湖中的鱼苗是采购于西海的天然鱼苗。湖中鱼类数目、种类繁多,有鳊鱼、草鱼和鲫鱼等等,让垂钓爱好者不胜欢喜。在锁心湖的水面建有湖心亭廊,直伸湖中心,站在亭廊观景台上可全面观望湖中美景。湖中倒映着湖畔花草树木的影子,像极了一位秀气而害羞的姑娘轻蒙面纱,而水中雀

跃的鱼儿又像是姑娘手中调皮的丝帕，一静一动显得是如此的和谐而又美好。较之城市，这里幽雅宜人，恰似世外桃源。

青峰茶楼是爱茶者的乐园，也是人们休息、消遣和交际的场所。而青峰茶楼整体为古典静雅的仿古建筑，背山面水，前门溪水中种植睡莲，湖岸边垂柳依依，小桥流水，鱼儿自由，让人觉得情趣倍增。

青峰茶楼以茶为主，以休闲娱乐为辅。茶楼有 5 个各有千秋的雅间，分为单间和套间，依次并列，设计独到，各不相同。房间内吊挂着几盏古香古色的古典宫灯，宫灯在有精美图案的灯罩的基础上添加了雕刻精美的外框，木质的框架花纹与灯罩的花纹形成立体与平面的对比，生动而富有魅力，把屋内烘托得清新、和谐。雅致的茶具，把房间点缀得更加古朴、淡雅。不要小看那些摆放得恰到好处的陈设、字画，这可都是请名家亲笔书写、设计的。

说到茶，青峰茶楼选用的茶叶是产自修水本地的宁红茶和双井绿茶。修水宁红茶曾入选百年世博中国名茶公共品牌金奖，其中宁红金毫获百年世博中国名茶金骆驼奖企业品牌第三名。精挑细选的香茗，茶香四溢，品后让您回味人生之味。

说到吃，"吃货"们有口福了。景山小院美食楼是富集创意文化、融会南北菜系精髓的美食庄园。放眼过去，这是一幢错落有致、古色古香的庭院，透过墙头的树枝就能微微感受到岭南园林的韵味，它以四合院的形式独居在此。四合院通常为大家庭所居住、提供了相对比较隐秘的庭院空间，其装修风格以仿古为主，简洁大方。中餐厅一层设有包厢共 20 间，每间装修风格都独具特色；二层可摆宴席 20 桌，适合朋友聚会和商务宴请。景山小院对食材的把关十分严格，主打新鲜原味的当地土菜，尤其是土鸡土鸭土猪肉各种土到掉渣的乡间味道，是很多尝惯了山珍海味的人的上上之选。最原始的材料能制作出最能满足口腹之欲的美味，许多人吃了一次之后，那种萦绕在舌尖的味道久久不能忘怀。此地也成了许多都市人群的聚会首选地。

花臣武寨景区

花臣武寨始建于明末清初，因明清之际，大顺英雄造成世事更乱，云游四方的武师魏花臣觉悟，遂回故土，只求守一方净土，与世无争。魏花臣建"花臣武寨"以抗匪乱，梦想开创一个世外桃源。武师魏花臣自创"八卦花棍"独门绝技，另有"四十八棍"阵法更为神奇，常为当地百姓惩恶扬善，素誉"花臣棍侠"。

现如今，花臣武寨依原址而建，融入武侠元素和本土武术文化，增加游客体验项目和拓展设施，打造成集游玩、拓展、研学为一体的武侠主题景区，是江西AAA级乡村旅游点、九江十大秀美乡村旅游点、九江非遗景区、修水县乡村旅游扶贫示范点。景区依山而建，竹林茂密，树枝繁茂，画在林中生，人在画中走。放眼望去，一片竹林，殊不知林中却是一片武侠天地。景区实现了武侠文化与自然的完美融合，为游客创造"刀光剑影，侠骨柔情"的现实版"侠客空间"，简直就是一片武林秘境！武侠文化深度融入其中，通过武侠场景和武侠人物、武侠招式、互动游戏闯关、武侠道具等，让游客体验从前只存在于作品与想象中的江湖儿女的豪情。

　　项目位于黄沙镇下朗田村,离修水县城28公里,离修水高速出口20公里,交通方便,为2018年启动开发建设。项目设置有凌波微步、奇门遁甲、武林争霸、梯云纵、梅花桩、神龙摆尾等游玩体验项目;三维打印机、网红不倒翁、人体陀螺、旋转自行车、网红秋千、多人秋千等网红体验项目;攀岩、毕业墙、礼让通行、齐心协力、信任背摔、沙包、木人桩等专业拓展项目。景区另设武术研学教育基地,是青少年武术教学和军事拓展、军事夏令营的好去处!

神岭生态文化观光园

　　江西省神岭生态文化观光园,位于修水县何市镇境内,于 2015 年开工建设,为国家 AAA 级景区。园区总面积 1200 亩,由江西神岭旅游开发有限公司投资,属修水县政府招商引资返乡创业基地。据史志记载,早在西晋时期此地就有"奉仙乡"的称谓。相传早于汉晋时期,这里便有黄、郭两位道人在此结庐修炼。黄郭二位道长羽化之后,里人思其恩惠,建庙立祀,唐时佛教宁济宗黄龙支便进入本寺。据传神岭白云禅寺在明朝辉煌时期达几百僧人之多。

　　园区经几年建设已建好果桑葚园、垂钓基地、游客中心、大型农家乐餐厅、禅修园,重修了千年古寺、子母塔、麻和尚墓群,配套有浪漫小木屋群、荣昇庄园。

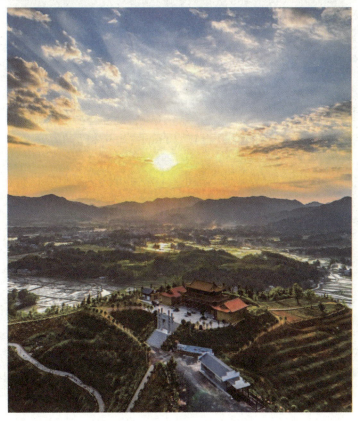

　　神岭生态文化观光园着力打造成集生态资源、禅修文化体验、休闲度假为一体的大型生态园区。这里常年云雾缭绕,是户外游玩天堂,也是云海观日出的绝佳之地。这里可以搭帐篷,住星空泡泡屋。金秋时节桂花开放,香飘万里,还有柑橘等果子自摘之乐趣;冬季来踏雪赏梅的同时,还能恣意采摘香甜的草莓。万亩茶海随日出日落而姿态万千,秀美景色尽收眼底。农家乐庄园,远离都市之繁杂。在庄园中,你既可以享受原生态的自摘果蔬,也能感受垂钓区之乐趣,还可以自己动手享受柴火灶烹饪之美味……

龙安寨蝶恋花景区

　　龙安寨蝶恋花景区位于修河上游,修水县城西部,地处湘鄂赣三省中心。景区距县城 17 公里,距渣津高速互通仅 5 公里,交通便利;距南昌 240 公里,武汉 260 公里,长沙 190 公里,市场广阔。

　　龙安寨蝶恋花景区因地制宜地设置了不少游戏活动项目,包括模拟神舟五号飞行器、射击馆、蝴蝶放飞、七彩极速滑道、极速卡丁车、自控飞机、秋收起义影院、滑草、VR 体验馆等适宜各色人群的休闲及亲子游项目。

门牌

百日草

波斯菊

马鞭草

土鹅

七彩滑道

　　龙安古寨下,兜率禅寺旁,这里四季花如海,蝴蝶翩翩忙。蝶恋花景区远近山水素卷尽展,任你一晌千年,花香鸟语,晨钟暮鼓,呈现出一幅百花绽放、安定祥和、静谧清幽的美好景象。园区群山拥翠,绿树成荫,百花斗艳。这里是一个让你将激情与速度随梦想飞扬的地方。闲暇之余带着孩子到蝶恋花赏花观蝶,感悟童趣,让孩子与自然的约会从蝶恋花开始。

仙姑山景区

　　仙姑山景区位于江西省九江市修水县良塘新区,地处修河上游,幕阜山与九岭山之间,地理坐标为东经114°30′22″、北纬29°0′49″,海拔219米,北临杭口河,东依山口河。景区旅游资源丰富,水质清澈洁净。仙姑山属亚热带湿润气候区,四季分明,热量丰富,无霜期长,光照充足,雨量充沛,年平均气温16.7℃,年降水量为1634.1毫米,年日照为1600.4小时。景区总投资7亿元,总面积为1800亩,其中林地560亩,由江西万辰旅游开发有限公司打造、经营、管理。

互动水寨

　　仙姑山景区是国家AAA级景区,区域内自然资源和历史文化遗产丰富,地景、水景相互映衬,修河傍山而过,双河交汇,山依着水,水绕着山,山水相连,空气清纯。景区内古树参天,千年佛手樟为世间奇观;天然石巷迷宫,隐于半山云雾之中,宛如人间仙境;世界珍稀动物秋沙鸭栖息地,更让你一展视野。

这里拥有12米高的高速彩虹滑道、15.4米高的超级网红大喇叭,让你飘飘欲仙,挥洒夏日澎湃的激情,感受速度的变化;4800平方米冲浪池,能容千人同池,万人同欢,浮萍起伏,惊天巨浪,让你嗨不停;太空漫步车仿佛来自空中飞翔;高空自行车刺激感十足;恐怖城让你认识鬼怪凶猛、惊险,是心灵的绝妙碰撞;丛林滑轨、石林探险,曲径通幽,峰回路转;萌宠动物园,猴子、老虎、大象、四角羊让你与动物面对面沟通;梦幻星空屋让你忘却纷扰,沉浸于爱的温馨。

彩虹滑道

超级大喇叭

海浪池

　　景区交通便捷,距大广高速、修平高速出入口约 10 公里,与省会城市南昌、武汉、长沙及昌北机场、九江码头、赤壁火车站的距离都在 200 公里左右。G353 国道从景区主入口经过,与修水县汽车总站和公交总站一桥之隔,区域位置突出,出行方便。景区至县城商业中心仅需 10 分钟车程,是游客集观光、体验、休闲、购物、感悟多层次为一体的全域旅游目的地。